海神《わだつみ》の娘

黄金の花嫁と滅びの曲

白川紺子

講談社
タイガ

イラスト——丑山 雨
デザイン——長崎 綾(next door design)

目次

世界図

卡卡密《カカミ》
（伊喀菲島《イカヒ》）
楽宮《ささらのみや》
海隅蜃楼《かいぐうしんろう》
阿開《アケ》
沙文《しゃもん》
花陀《かだ》
沙来《しゃらい》
雨果《うか》
回廊星河

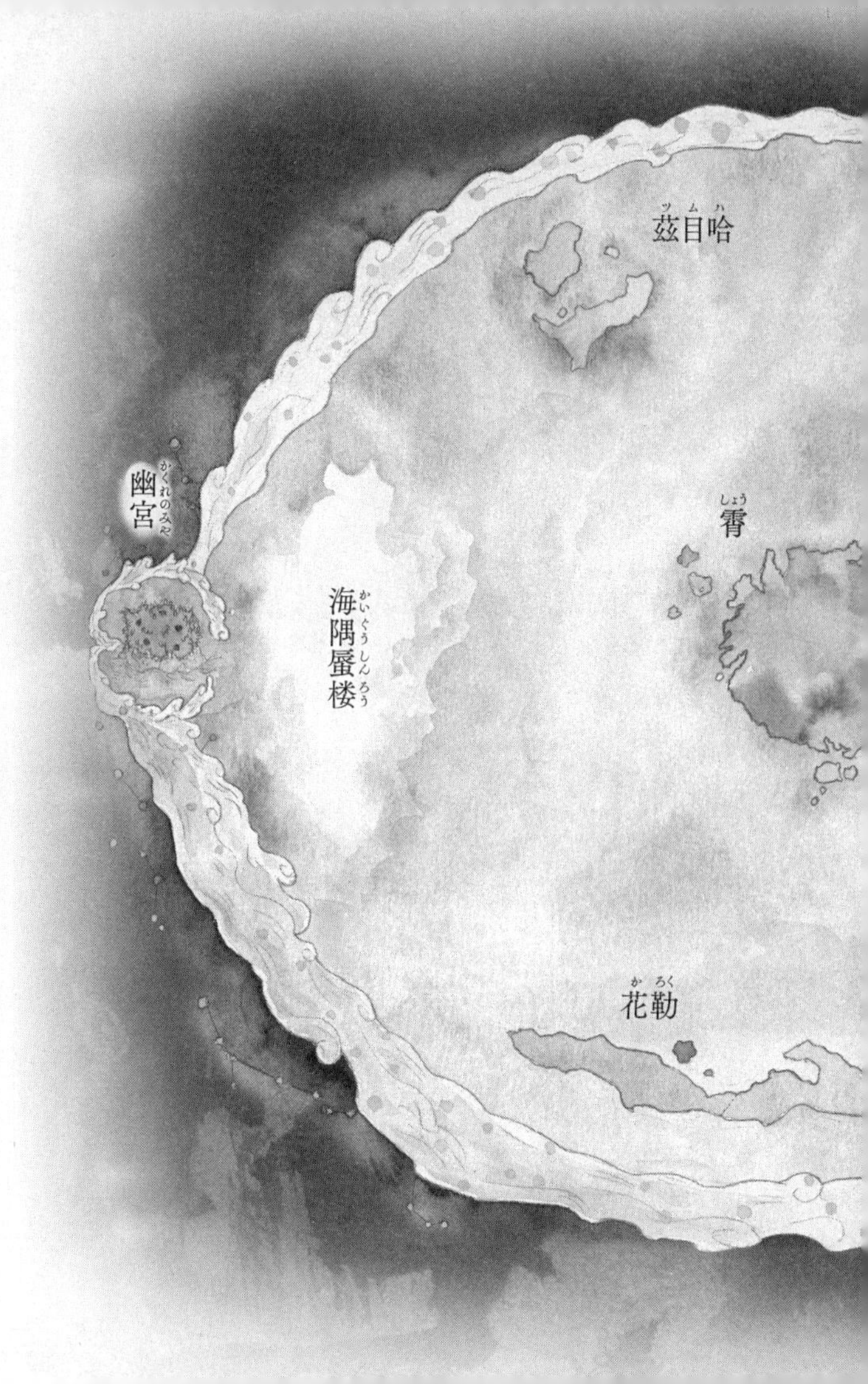
茲目哈《ツムハ》
霄《しょう》
海隅蜃楼《かいぐうしんろう》
幽宮《かくれのみや》
花勒《かろく》

海神《わだつみ》の娘

黄金の花嫁と滅びの曲

島々は、海神《わだつみ》の抜け殻から生まれた。

ゆえに、島のすべては海神のものである。

土くれのひとつかみ、草木のひと枝一葉、流れる川の水一滴、魚に鳥に人、ことごとく海神のものである。

海神は、深く暗い水底に憩い、蟠《わだかま》る。

その声を聞けるのは、巫女王霊子《みこれいし》ただひとり。

巫女王の島に集う巫女たち——『海神の娘』は、託宣《たくせん》により島々の領主に嫁《とつ》ぐと決まっている。

嫁ぐ相手が正か邪《じゃ》か、婚姻が吉か凶か、それは誰にもわからない。

すべては、海神の思《おぼ》し召《め》し。

禍《か》殃《おう》一《いっ》曲《きょく》

霊子は泉に足を浸す。

水はどこまでも透きとおり、底へ向かうほど緑がかった青に見える。水底はどこにあるのかわからない。深く暗い青なのに、ほのかに光り輝いている。

神の泉だ。

これは海神の泉。――わが愛《いと》しき海若《かいじゃく》のすみか。

霊子は水面《みなも》に顔を近づけ、

「海若」

と名を呼んだ。

ひとつ、ふたつ、とあぶくが水底から湧《わ》きあがり、水面ではじけた。あぶくはつぎつぎあがってくる。まるで真珠のようだ。

それらは言葉だった。海若の言葉だ。霊子にしか聞きとれない、神の言葉だった。

霊子は軽やかな笑い声を立てた。玉の触れ合うような、美しい声だった。

「わかったわ。つぎはその娘を嫁がせましょう」

鳥のはばたきが聞こえる。一羽《わ》の小鳥が霊子のもとへ飛んできた。鈍色の翼につぶらな黒い瞳《ひとみ》。黒鶫《くろじ》だ。霊子が手を伸ばすと、黒鶫はその指先にとまった。

「翩翩《へんぺん》。さあ、お行き。『海神の娘』を見守ってちょうだい」

黒鶫は承知したようにひと節さえずり、飛んでいった。

——今宵《こよい》、また、ひとりの『海神の娘』が島の領主に嫁ぐ。

*

忌《き》は楽師の家に生まれた。

父は笛、母は琴《きん》の名手として知られ、ともに儀式のさいには必ず呼ばれた。

楽は、海神から与えられた、海神へ捧《ささ》げる音である。調和を奏《かな》でる音曲は人のためにあるのではなく、海神を喜ばせ、慰め、楽しませるためにある。

神へ捧げるものだから、楽師は幼《おさな》いころから厳しく仕込まれる。楽の才がないとわかれば、表舞台には立てない。儀式で楽を奏でられるのは、選《え》りすぐりの楽師だけだった。

忌は笛の才を見込まれ、十歳にならぬころから他家の師匠のもとへやられた。徴《ちょう》という当代きっての笛の名手で、忌が弟子になったときすでに六十という老齢だった。まわりからは師徴《しちょう》と呼ばれた。師徴は盲目で、忌は笛を習うとともに、相《しょう》という付き添い役も務めた。

師徴は稽古《けいこ》に厳しく、平生も「唇《くちびる》が乾く」と無駄口を嫌い、必要なこと以外で口を開かなかったので、忌も自然と寡黙になった。

笛は、竹から作られている。忌が最初に得た笛は、父から与えられたものだった。黒漆の古びたつやも美しい、使い込まれた笛だった。しっくりと手になじみ、穴は子供の指でも押さえやすく、吹き口が唇にあたる感触もよい。息を吹き込めば、低い音はやわらかく、高い音は鋭く響き渡り、清々《すがすが》しい風が胸を吹き抜ける心地がした。

だが、はじめて師徴の笛の音を聞いたとき、忌は己の吹く音はまるで笛の音ではなかったのだと知った。

変幻自在、高く低く移り変わる音は波濤《はとう》のようで、しかし調和を乱さない。琴や鐘《しょう》の音と合わさり、ひとつの正しい楽となっている。波の渦が体のなかに巻き起こり、押し流され、海と一体となる。そんな心地を味わった。海神の求める楽はこれなのだと、悟った。

忌は師徴を尊敬し、寡黙で無愛想《ぶあいそう》ながらよく仕え、師徴もまたそんな忌を見込んで厳しく笛を教えた。

師徴は毎朝、城の廟《びょう》に出向き、そこでほかの楽師とともに楽を奏でる。領主の祖霊、それにつながる海神へ捧げる楽曲である。領主は必ず『海神の娘』の血を引くからだ。

海神に選ばれた、海神に仕える巫女たち。それが『海神の娘』である。彼女たちは託宣により島々の領主に嫁ぐ。忌の住む島は沙来《しゃらい》という、小さな島だった。すぐ隣には沙文《しゃもん》という、沙来よりもずっと大きな島があった。

「また戦になるそうだ」

廟での楽を終えたあと、琴の楽師がため息まじりに言った。

戦、と言えば相手は決まっている。沙文である。

「今度はどんな理由で？」

鐘の楽師が、吊《つる》した鐘を片づけながら訊《き》いた。

「沙文の行人《こうじん》（外交官）が無礼を働いたとか、どうとか」

「斬《き》り捨《す》てたのか？」

「いや、捕虜にしたそうだ」

やれやれ、と言いたげにふたりはかぶりをふった。師徴は会話に参加せず、むっつりと押し黙って笛のなかを絹地で拭《ふ》いている。紅絹《もみ》に紐《ひも》を縫いつけ、紐の先端に重石《おもし》になる玉をつけたものを、笛のなかに通す。これで笛のなかについた水分を拭きとるのだ。こまめにこれをしないと、笛が傷む。師徴は盲目でも器用にこれをこなし、他人に己の笛を触らせなかった。忌にもだ。

「帰るぞ」

師徴はそれだけ告げて立ちあがる。忌は師徴の手をとり、そばについて歩いた。師徴の住まいは城内にあるが、廟からは遠い。楽師のなかには領主の住まいや朝廷、廟のある宮城内に家屋敷《いえやしき》を持っている者もあったが、師徴はその外に侘《わ》び住《ず》まいがあるだけだった。

「戦になれば、海が荒れる。海が荒れれば、楽が乱れる」

ぽつりと、師徴はそうつぶやいた。

「覚えておけ、忌よ。楽の調和は、領の調和だ。民の安寧《あんねい》だ。それが乱れては、さきはあるまいよ」

「師匠」

忌はあわてて周囲を見まわした。誰もいない。不祥なことを言ったと知られては、いかに師徴といえど責められるかもしれない。

師徴はふたたび口を閉じ、もうなにも言わなかった。忌は、彼の言ったことを胸にとどめて、くり返した。

――楽の調和は、領の調和……。

沙来と沙文は、しょっちゅう小競《こぜ》り合《あ》いをくり返している。いつごろからか知らない。忌の親が小さいころからそうだというから、もはや慣習といっていい。どちらの領も金の鉱山が多くあり、その採掘量を競っている。島の大きさからすると沙来のほうが当然すくなくなりそうなものだが、質がよい。質の悪い金鉱をいくら得ても、金になる割合がすくなくてはどうにもならない。その競い合いが根底にあり、なにかと衝突が起きていた。戦は海で行われる。おたがい、島に乗り込んだり、領主を殺したりはしない。決定的な争いはしない。島も領主も、海神のものだからだ。島は蛇神たる海神の抜け殻からできて、領主は『海神の娘』の血を引き、『海神の娘』を娶《めと》る。そこは侵してはならぬ領域だった。

おたがいに兵士は精鋭をそろえ、軍船は改良を重ね、優秀な水手《かこ》を育てる。相手側の有能な兵士や将を金《かね》を積んで引き抜くこともあった。駆け引きと騙《だま》し合い、裏切りがつきもので、ほどほどのところで引き上げる。そんなつまらぬ小競り合いを、長年つづけている。

——海神は、お怒りにならないのだろうか。

忌にはそれが疑問だった。海で暴《あば》れ、海を血で穢《けが》す二領を。

海神の怒りに触れれば、嵐《あらし》が起き、雷が神罰をくだす。そう言われている。だが、二領に神罰がくだったという話は聞かない。

——よもや、海神はこの諍《いさか》いを楽しんでおられるのか……。

けっして口には出せぬ疑問を、忌は抱いている。きっと忌以外にも、そう思っている者はいるだろう。

その年の戦は、引き分けで終わった。沙来は将を数人失い、手痛い結果となった。戦のさなかも、戦が終わっても、師徴は変わらず廟前で楽を奏し、忌は稽古に励《はげ》んだ。

明くる年のことである。忌は十五歳になっていた。

忌は岬で笛を吹くのが常だった。師徴の家ではずっと笛を吹いていると、隣近所から苦情が来る。岩に腰をおろした師徴の前で、海に背を向け、忌は笛を吹いた。その日は海から風が吹きつけ、忌のひとつに結った髪を巻きあげ、散らした。うなじがさらさらと風に吹かれ、それはまるでやわらかな指先が触れているかのようだった。

不思議な心地だった。これまでに感じたことのない風だ。やわらかく、涼やかで、ぬくもりがある。風の向こうから、音がする気がした。耳を澄ます。笛なのか、琴なのか、はたまたべつの楽器であるのか、判然としない。軽やかな……それでいて深みのある、強く、弱く、くり返し聞こえてくる音色。さざなみの音がそれに合わさる。寄せては返す波の音。風の音、鳥の声。調和——という言葉を、忌は思い返していた。いま、あらゆる音色が調和している。それらの音色に耳を傾けていた忌は、はっとする。音が変わった。低く、高くつづいていた音が外れ、強弱が乱れ、ほかの音色とずれが生じる。調和が崩れる。だが、忌はその音色に心を奪われた。心を乱す音であると同時に、ひどく惹《ひ》かれる。

気づけば忌はその音を追い、笛で奏でていた。

「——やめい!」

悲鳴のような声とともに、忌の笛がたたき落とされた。いつのまにか閉じていた目を開ける。師徴が顔に怒りと動揺をたたえ、目の前に立っていた。目は見えぬが、音やにおいで師徴は人の位置がおおよそわかる。見当をつけて忌の笛をたたき落としたのだった。

「おまえは、なにを……なにを吹いたか、わかっておるのか」

師徴は青ざめ、肩で息をしていた。忌は師徴がなぜ怒っているのかわからず、声もなくただ固まった。

「お、おまえは……」

師徴はくずおれ、膝《ひざ》をつく。忌はあわてて彼の体を支えた。しかし師徴は忌の手をふり払う。

「いまより、おまえは儂《わし》の弟子ではない。儂はおまえの師匠ではない。おまえはもう笛を吹いてはならぬ」

忌は血の気が引いた。破門だ。なぜ。忌は師徴にとりすがった。

「ま──待ってください。なぜです。なぜ、急にそのような」

「滅びの曲を聞き、吹く輩《やから》を弟子にはできぬ」

──滅びの曲？

「なるほど、この領にさきはあるまい。それはわかっておる。いずれ滅ぶ。しかしそれを招いてはならぬ。楽で招いてはならぬのだ」

「おまえは笛を吹いてはならぬ。笛を捨てよ」

「し、師匠」

「そんな……」

忌は混乱した。楽師の家に生まれ、楽師として生きることを定められてきた。そのほかの生きかたを知らない。いま師徴に放りだされたら、忌に行く場所などないのだ。

「お、お許しください。師匠。どうかお許しください。二度とおなじ曲は吹きません。自分でもなぜ吹いたのかわからぬのです。海から――海から風が吹いてきて、そこに曲が」

「なに、風が」

師徴は一歩あとずさった。顔に恐怖が貼《は》りついている。

「おまえは――」

「どうかお許しを」

忌は師徴の膝にとりすがる。師徴は途方に暮れたような顔をしていた。

「――師徴どの」

割って入った声に、忌も師徴も、ぎくりとした。やわらかな女の声だった。

ふり向けば、三十半《なか》ばの婦人が立っている。佳人だった。結いあげたつややかな黒髪に黄金色の花を挿《さ》している。袖口《そでぐち》から、手の甲の文身《いれずみ》が覗《のぞ》いていた。斜め格子の文様だ。島々では皆、土地や一族ごとに異なる部位に異なる文様の文身を入れる。忌は腕に網目文の文身、師徴は肩に山形文の文身を入れていた。ふだんは衣に隠れており、見えない。

その婦人は、藍色《あいいろ》の衣をまとっていた。それを見て、忌ははっと膝をつく。師徴もうろたえた様子でひざまずいた。

「そのお声は——お妃様《きさき》」

領主である沙来の君の夫人であり、『海神の娘』である、瑗《えん》だった。

忌はひざまずいて首を垂《こうべ》れつつ、あたりをうかがう。侍女や従者のいる様子がない。ここは城の外の岬だ。まさか、ひとりでここまで来たというのだろうか。

「侍女たちはすこし離れたところで待っているの。ひとりでこの岬から海を見るのが好きなのよ」

忌の疑問を見透かしたように瑗は言った。

「あなたは、笛を吹くのが好きなの？」

瑗は忌にほほえみかける。忌は返答に迷った。好きかどうか、そう訊かれると、わからない。物心ついたときから、笛を吹いている。それが当たり前だったからだ。

「好きか、嫌いかは……わかりません」

迷いながら、忌は答えた。

「あら、わからないの」

「幼いころより、笛を吹いてまいりました。そのほかのことを、知りません」

「じゃあ、あなたにとって笛を吹くのは、息をするのとおなじことね。——師徴どの、それをとりあげては、かわいそうよ」

「しかし、お妃様」師徴はうなだれて地面に両手をついている。

「滅びの音をこの者が聞いたのであれば、それも海神の思し召しでしょう。この者には笛を吹かせなさい」

瑗は海のほうを眺《なが》め、微笑を浮かべたまま、厳然と告げた。

「しかし、それでは——」師徴は呻《うめ》くように抗《あらが》う。「この領を呪《のろ》うようなものですぞ」

「いいえ」

瑗はゆるやかに首をふった。

「呪いかどうか、決めるのは海神。海からその音を寄越し、この者に伝えたのであれば、この者の奏する笛の音には海神の加護が宿っているのよ。これからも、笛を吹かせなさい。——あなた、名前は？」

忌は平伏《ひれふ》した。「忌と申します」

「忌……」瑗は小さく復唱する。「あえて不祥の名を冠することで、吉祥を呼び込もうという祝福の籠《こ》もった名ね」

いい名だわ、と言い、瑗はきびすを返した。

忌は師徴から破門されることはなかった。瑗のおかげである。その後も岬で笛の稽古をつづけた。ときおり、瑗が現れた。笛の音を聴きたがることもあれば、とりとめもない会話をすることもあった。まれに小鳥がついてきた。黒鵐だ。その鳥は翩翩といったが、瑗の髪に挿した花を啄《ついば》もうとするので、よく瑗に叱《しか》られていた。

「私は雨果《うか》の出身なの」

あるとき、瑗はそう言った。忌はそんな話を聞いたことがあったので、うなずいただけだった。

「母が薬師で、薬草をとりに山へ一緒に行ったものよ。子供だから、ちっとも母のそばでじっとしていられなくて、あちこち駆け回ってね……」

なつかしげに目を細める。

「林のなかにね、金盃花《きんぱいか》の群生地があったの。金色の花弁が群れ咲く様子が、ほんとうに美しくて、母も私も大好きだった」

瑗は髪に手を伸ばす。そこには黄金色の花が挿してあった。彼女がよく挿している花だ。それを引き抜き、忌に見せ、師徴の手に握らせる。師徴は花のにおいを嗅《か》いで、「よいにおいがしますな」と顔をほころばせた。

瑗がにっこりと笑う。

「わが君もこの花が好きなのよ」

彼女がわが君――と呼ぶのは、沙来の君、戚《せき》のことである。

戚は壮健な偉丈夫で、気難しく冷徹だと言われている。忌は遠目に顔を見たことはあるが、間近に見たことも、声をかけられたこともない。歴代の領主はいずれも好戦的で、猛々《たけだけ》しかったそうだが、それに比べれば当代は戦がすくないほうだろう。先代からの老臣が皆やたらと戦をしたがるので、うっとうしがっていると聞く。

瑗は花をいとおしむようにじっと見つめていた。

「穏《おだ》やかに過ごせたらいいのだけど……」

声は海から吹く風にまぎれて、途切れた。

翌年の晩春、戦が起こった。いつものように、沙文との戦である。沙来で沙文を嘲《あざけ》る歌を流行《はや》らせているという言いがかりが発端だった。

海上には季節外れの冷たい風が吹き荒れ、風向きは定まらず、水手や射手《いて》を大いに惑わせた。先頭の船では民間の巫女たちが鼓《こ》を打ち鳴らすのが習いであったが、その音はいやに乱れ、くぐもった歪《いびつ》な音を響かせた。

戚は船上でその音を聞き、眉《まゆ》をひそめ、

「不祥な」

とつぶやいたという。

一矢が戚の目を射貫《いぬ》いた。

戚は、声もなく船から海へと落ちた。その甲《よろい》の胸元から、黄金色の花弁がはらりと散った。戦の前、瑗から贈られた金盃花を、戚はふところにしのばせていたのだった。

領主は狙《ねら》わぬのが戦の決まりだった。海神への配慮だ。吹き荒れる風がそれを破った。戦場は敵も味方も混乱に陥《おちい》り、双方があわてて退却した。

戚の亡骸《なきがら》は、いくらさがしても見つからず、浜に打ちあげられることもなかった。同乗していた将と兵士は、皆、自裁して果てた。

ときならぬ嵐が押し寄せ、雷が鳴り響いた。神罰だと、人々は恐れた。どれが神罰なのか。嵐か、雷か、それとも領主が死んだことか。

——海神の思し召しは、どこにあるのか。

忌は雨風にさらされて岬に立ち、海を眺めた。海は鈍色に沈み、白い波が獰猛《どうもう》に暴れている。

——滅びの曲。

沙来の君が死んだのは、そのせいではないか。

忌はそう恐れた。自分が招いたとしたら。

瑗のほほえみが浮かんでは消える。黄金色の花がちらつく。忌は叫びたかった。

「あなたのせいではないわ」

嵐のなかでも明瞭《めいりょう》に聞こえた声に、忌はふり返る。瑗が立っていた。

「すべては海神の思し召し――」

歌うように言って、瑗は前に進み出る。藍の衣が翻《ひるがえ》り、髪に挿した花が散る。瑗は忌の横を通り過ぎ、岬のさきに立った。両手を広げ、海を見おろす。

「海神よ」

張りあげてもいないのに、透き通った声が美しく響き渡る。

「沙来の罪は私が負います。夫の体を沙来へ返してください」

はっと、忌が動いたときには遅かった。瑗は、海へとその身を投げていた。

瑗が海へ落ちた音は、打ちつける波や雨風の音にまぎれた。忌は岬から身を乗りだして、瑗の姿をさがした。遠く、藍の衣が波間にちらりと見えた気がした。黒い小鳥がふらふらとしながら飛んでゆく。翩翩だった。

いくらもたたず、打ちつける雨が弱まったことに気づく。風が収まっている。雷が鳴りやんでいる。空を覆《おお》っていた分厚い雲は薄くなり、雲間から光が射《さ》していた。海が鈍色から深い青に変わり、波が穏やかになる。忌は震えた。その場に突っ伏し、地面をたたいて慟哭《どうこく》した。

――滅びの曲。あれはたしかに、滅びの曲だったのだ。

瑗はわかっていたのだろうか。あれが自らに破滅をもたらす曲だと。わかったうえで、受け入れたのだろうか。

涙が涸《か》れたころ、忌はようやく立ちあがり、師徴の家へと戻った。

戚の亡骸は、まもなく浜へ打ちあげられた。長らく水に浸《つ》かっていたとは思えない、美しいままの亡骸であったという。

瑗の亡骸は、ついぞ見つからなかった。海神がとっていったのだ。

忌は、笛を吹くことをやめた。

笛は、瑗が身を投げた岬から、海へと捨てた。


数年がたった。

つぎの領主だとすでに託宣がくだっていた、戚と瑗の息子が沙来の君となり、『海神の娘』が嫁いできた。

『海神の娘』は累《るい》といった。忌は師徴に頼み込み、累の従者のひとりとなった。彼女のそばに仕え、守ることが瑗への罪滅ぼしになると思った。身を捨てて仕える覚悟だった。

累は十七歳の少女で、沙来の君、幕《ばく》とは同い年だった。瑗は穏やかな雰囲気をまとっていたが、累は穏やかというより、明朗であった。彼女が現れると、その場がぱっと明るくなる。そうした少女だった。

「よろしくお願いします」

はじめて会ったとき、累はそう言って頭をさげた。まだ領主の夫人としての自覚はないらしい。生まれは花勒《かろく》で、豪商の娘として育ったという。十二の歳《とし》に『海神の娘』に選ばれ、巫女王の島に渡り、島では機織りをして過ごした。そんな話を累は語った。

「花勒にいたときは、こちらのほうの領の話はあまり聞かなかったから、よく知らないの。黄金の島で、沙文とよく戦をしているというくらい。教えてくれると助かるわ」

累は申し訳なさそうに忌に言った。『海神の娘』というものは政《まつりごと》に嘴《くちばし》を入れてはならぬ決まりなので、巫女王の島でもそうしたことは教えぬらしい。

「奥方様がおっしゃったように、黄金の島で、沙文とよく戦をしている――それに尽きます」

忌はそう答えた。

「『奥方様』だなんて呼ばれると、変な気分ね。『累』でいいわ」

「そういうわけには……」忌は困惑した。

累は声をあげて笑った。花が開くような、光がはじけるような笑顔だった。あまりに清々しい光に満ちた笑いかたに、忌はしばし胸を打たれた。

「『累様』なら、いいのかしら」

「……は……」よくはないだろう。だが、忌は押し切られた。

累はしばしば浜辺に行きたがった。城から最も近いその浜は、戚の亡骸が流れ着いたところであったので、沙来の者は誰も近づきたがらない。呪われるとか、神罰がくだるに違いないとか、そう言って恐れた。

　だが、浜昼顔《はまひるがお》の生い茂るところでもあったので、累はそれを好んだ。侍女や忌以外の従者はそこについていきたがらず、必然、忌が供をすることになった。

「花勒にいたころ、家の近くが海で、やっぱりこの花が咲いていたの」

なつかしげな目をする。顔立ちや佇《たたず》まいは瑗とまったく違うのに、不思議と近いものを感じさせる少女だった。

「家の近くが海なら、ご生家の商売は廻船《かいせん》ですか」

　元来、寡黙なたちの忌は累となにをどう話していいかわからず、そう問うた。話し相手は従者の仕事ではないが、累はやたら話しかけてくるので相手をするほかない。

　累は困ったような顔をした。変なことを訊いただろうか。

「父の商売は、珠玉商よ。母は漁の投網《とあみ》に使う糸を紡ぐのが仕事だったわ。父は城下に住んでいるのだけど、母の住む漁村に商いで立ち寄ったことがあるの。それで、父は母を見《み》初《そ》めて、囲ったのよ」

　囲った、の意味がすぐにはつかめず、忌は目をしばたたいた。わかってから、まずいことを訊いてしまった、と気づいて視線が泳いだ。忌のうろたえぶりがおかしかったのか、累は声をあげて笑った。

「そんなに驚くことかしら。でも、領主は妾《めかけ》を置くことはめったにないのだものね。下々のほうが自由だなんて、不思議ね」

海神の機嫌を損ねるのを恐れて、『海神の娘』を娶った領主はめったに妾を置かない。

「それなら、わが君とは仲良く暮らしたいものだけれど……」

累はつぶやき、しゃがみ込むと、浜昼顔を一輪、摘んで髪に挿した。楚々《そそ》とした薄紅の花は累によく似合った。つぶやきに彼女に似合わぬ翳《かげ》がさしたことにも、忌は気づいていた。

婚儀の晩以来、沙来の君たる幕は累のもとを訪れぬらしい。そんな話は、ひそやかに、しかし確実に召使《めしつか》いのあいだに広まるものだ。

幕は父親ゆずりの恵まれた体格と、母親ゆずりの美しい顔立ちをしていた。その顔に、若さに似合わぬ翳と苦悩が刻まれている。忌は累の従者であるので、幕については、あまり多くのことを知らなかった。しかし領主としてではなく、父と母を同時期に失った少年と見れば、その表情に翳がさすのは理解もできた。そして幕が父母を失ったのは、忌のせいでもある。

――俺が笛を吹いたから。あの音色を聞いてしまったから……。

なぜあのとき、風のなかにあの音を見つけてしまったのだろう。なぜ、それを聞いたまま吹いてしまったのだろう。吹かなければ、領主たちの悲劇はなかったのではないか。そう思えてならない。

――海神の思し召し。

瑷はそう言ったが……。

「忌よ」

幕に呼ばれたとき、忌は内心怯《おび》えていた。両親の死について、なにか訊かれるのではと思っていたからだ。

だが、そうではなかった。

「累に贈り物をしたいのだが、なにがいいだろう。おまえがいちばん累と親しいと聞いた」

そう訊かれたので、ぽかんとしてしまった。忌の当惑をどう受けとったのか、幕は気まずげに顔を背け、「累が嫁いできた晩に、ひどいことを言った。謝りたいと思っている」と言い訳するように言った。

「さようでございますか」

忌は頭を切り替え、寡黙な従者の顔に戻る。

「親しいわけではございませんが、奥方様は浜辺に行くのを好まれますので、私がお供しております。ほかの者は行きたがりませんので」

「浜辺に？　――ああ、父の」

幕は合点《がてん》がいったようにうなずいた。

「累は、海が好きなのか？」

「いいえ、浜辺に咲く浜昼顔をお好みのようでございます。故郷にも咲いていたそうで」

「故郷に。そうか……」

幕は遠い目をした。母親に――瑗に思いを馳《は》せたのがわかる。彼女も故郷に咲いていた金盃花を好んでいたのだ。

「浜昼顔か。わかった」

用はすんだようで、幕は忌をさがらせた。忌は累の部屋へと戻る。彼女は部屋で侍女とともに縫い物をしていた。戻ってきた忌をちらちらと気にしている。

「なにか？」

と尋《たず》ねると、

「いいえ、なんでもないわ」

と答えるが、そわそわしているのがまるわかりだった。侍女がくすりと笑みを洩《も》らした。

「累様は、わが君のご用事がなんだったのか、気になさっているのですよ」

窓辺にいた茶褐色の小鳥が相槌《あいづち》を打つようにピリリと鳴いた。鶚鶬《みそさざい》だ。累の鳥である。名を浅浅《せんせん》という。

累は浅浅のほうをちらとにらんでから、咳払《せきばら》いをした。

「わたしの従者を呼びつけるのだから、わたしへの苦情かしらと思ったの」

「いえ、そういうわけでは」

累が黒々とした瞳で忌を見あげる。『じゃあ、なに？』と目が問うている。忌は話してもいいものかどうか迷った。幕から口止めはされていない。だが、『贈り物をしたいからなにがいいか訊かれた』と率直に言ってしまっては、幕の心遣いを台無しにしてしまうような気がした。

「わが君は、奥方……累様のお好きなものをお尋ねでした」

結局、それだけ言った。嘘《うそ》ではないし、これくらいなら言ってしまってもいいだろう、と判断した。

「わたしの好きなもの？」

累はきょとんとしている。「どうしてそんなことを？」

「さあ……」忌はあいまいに言葉を濁《にご》した。

「わが君は、累様になにか贈り物をお考えなのではありませんか」

侍女が鋭いことを言ったので、忌はひやひやする。累は「そうかしら……」と疑わしげだ。

「わたしは、わが君のご機嫌を損ねてしまったのよ。最初の晩に」

累は手もとの縫い物を眺め、ぽつりとこぼした。

「わが君は、わたしを娶りたくはなかったのですって。海神がお嫌いだから。それでも領主だから娶らねばならないなんて、お気の毒ね」

他人事《ひとごと》のように累は言う。

「だからわたし、言ったのよ。『でしたら、どうぞ妾をそばに置いてください』って。『わたしは気にしませんから』とも言ったのだけど。わが君は、『そういうわけにはいかない』とますます不機嫌そうになってしまって」

侍女は相槌に困ったように忌を見あげた。助け船を求められても、忌だってなにを言っていいかわからない。

「領主は——妾を置かぬものですので」

とりあえずそう言うと、

「知ってるわ」

とため息とともに言われた。

「でも、例外はあるでしょう？　わたしがいいと言うなら、いいじゃないの」

「いいのですか」

「いいわよ、べつに。だって——」

つづけかけた言葉を、累は呑《の》み込《こ》んだようだった。唇を閉じ、手もとに視線を落とす。

――わたしだって、妾の子だもの。

そう言おうとしたのだろうか。

「……それは、なにを縫っておられるのですか」

わざとらしかったが、忌はそう尋ねた。さりげなく話題を変えるなどという芸当は忌にはできない。

累は忌を見あげ、ふふっとおかしそうに笑った。忌が不器用に話題を変えたのをわかったのだろう。

「わが君にさしあげる衣よ。わたしが縫えば、戦の折にも海神の加護がありそうだからと、侍女たちが言うものだから」

先代のことがあるので、そう提案したのだろう。

「もう戦が起こらなければいいわね」

累は真面目《まじめ》な顔になって、言った。向かいで侍女がうなずく。浅浅がチュイチュイ、とさえずった。

累の居室の前庭が騒々しくなったのは、その日のうちだった。忌が窓から覗いてみれば、召使いたちが土やら花やらを運び込んでいるのが見えた。花は浜昼顔であった。

「わが君が、こちらにこの花を植えよとの仰せで」

と土に手や顔を汚した召使いたちは言った。

累はぽかんとした顔で植えられる浜昼顔を眺めていた。窓からちょうど見えるところにそれらは植えられ、一面、薄紅の花が風に揺られていた。

「あれは浜辺に咲く花だから、根付くかしら」

累がそう案じたとおり、花も葉も数日とたたぬうちにしおれて枯れてしまった。それを見た幕はひどく落胆していた。

「もう一度、植えさせる」

という彼を、累はとめた。

「おやめになってください。また枯れるだけですよ。わたしもやったことがあるので、わかります」

「なに。やったことがあるのか」

「あります。いつもそばで眺めていたかったので、家の庭に植えました。でも、育ちませんでした」

「そうか……」

幕は肩を落としている。まるで子供のような様子に、累が笑った。

「お心遣いはうれしく思います。お礼にあなたの衣に浜昼顔の刺繍《ししゅう》を入れましょう」

「枯れてしまったのだから、礼をもらうわけにはいかぬ」

拗《す》ねたように言う幕に、

「お心遣いへのお礼です。結果は関係ありません」

「関係なくはあるまい」

「案外、子供っぽいこだわりをお持ちなのですね」

累は、どうも幕にはよけいなことを言ってしまいがちなようである。幕は気分を害した様子で立ち去った。

「なぜ、わざとご不快にさせるようなことをおっしゃるのですか」

忌が訊くと、

「そんなつもりはないのだけど」

と累は答えたが、そうも思えない。黙っていると、累は言葉をつづけた。

「そうね……わざとかしら。わたし、たぶん、まだ腹を立てているのよ」

「なににお怒りですか」

「わが君は、わたしを娶りたくなかった。海神がお嫌いだから。それはそうでしょう。あのかたの母君は、父君の亡骸を返してもらうために、海神にその身を捧げたのだもの。でも、その憤りをわたしにぶつけるのはどうかと思うの」

累はいつになく淡々としゃべった。浅浅が飛んできて、累の伸ばした手にとまる。美しくさえずった。累は浅浅の喉《のど》を指でやさしく撫《な》でる。

「……そういうことを、わが君にじかにお伝えすればいいのでは」

考えた末に忌がそう言うと、「そうね」と累は力なく笑った。

「でも、わが君は傷ついているのよ。そういうひとに、もっともらしい説教はしたくないの」

やさしくできたらいいのだけれど、と累はつぶやく。

「わたしもそこまで、やさしくないわ」

浅浅がさえずる。忌は笛の音をなつかしく思う。鳥のさえずりは、笛を思い起こさせた。指が動きそうになるのをこらえる。目を伏せた。

忌は、ふたたび幕に呼ばれた。

「累は、なにか不満があるのか?」

そう問われて、忌は困惑した。当人に直接訊けばいいではないか。それが顔に出ていたのか、幕は不機嫌そうに顔を背けた。

「わが君は、もう奥方様に謝罪はなさったのですか」

「謝罪?」

「以前、ひどいことを言ったから謝りたいと、そのようなことを」

「ああ――」幕はばつが悪そうにうつむいた。「いや、まだだ」

「では、まずは謝ることからはじめられては」

「そうか」

幕は生真面目《きまじめ》に、忌など従者に過ぎぬ者の言葉に耳を傾けている。忌をあいだに挟まず、直接話せばいいのに、それができぬ両人が妙におかしく、いとおしく思えた。

その後、どうやら幕は無事、累に謝ることができたらしい。幕も累もそうとは語らなかったが、ふたりのあいだにあった硬さがとれて、和らいだ雰囲気が漂っているのを感じとり、忌は悟った。

すこしずつふたりの様子は親しげになり、そのうち仲睦《むつ》まじいと言えるまでになった。幕の衣には浜昼顔の刺繡が施され、累の髪には金で浜昼顔をかたどった簪《かんざし》が挿してある。似合いの夫妻である。

「忌よ、累に贈り物をしたいが、なにがいいと思う?」

「ご本人にお訊きになればよろしいのでは……」

あいかわらず、幕は累に関することは忌に頼り、

「ねえ、わが君は『刺繡の出来などどうでもいいから、早く縫って寄越せ』などとおっしゃるのよ」

累は累で幕について忌に愚痴《ぐち》った。あいだに挟まれた忌は閉口した。

やがて累は身籠《みご》もり、一子を産んだ。男児であった。由《ゆう》、とその赤子が名づけられて数

日後、巫女王からの使者が来て、託宣を告げた。

「その子はつぎの沙文の領主となるであろう」

——沙文、と使者は口にした。沙来の間違いではないのか、と幕が問うても、「私は巫女王の言葉をそのまま伝えているだけである」と言うのみだった。

不可解な託宣は公には伏せられ、表向き「沙来の領主」との託宣が告げられたと伝えた。真実は、幕と累、それからごく近しい者だけにしか明かされなかった。忌はそのうちのひとりに入っていた。

「もしわたしの身になにかあれば、この子を守ってほしい」

累は赤子をかき抱き、忌にそう頼んだ。

「なにか起こるのでなければ、こんな託宣はおりない——きっと、なにか大きな、よくないことが起きる」

累は恐れていた。

長らく戦は起きていなかった。先代の領主を予期せず失った衝撃は、沙来のみならず、沙文にもあったのだろう。

だが、その平穏も終わりを告げる。

晩秋のことだった。沙文の朝廷は沙来からの使者を斬り捨てた。領主に対する拝礼のしかたが無礼であったというのがその理由である。ほんとうかどうかは定かではない。

戦がはじまった。

ひさかたぶりの戦で兵士は沸き立ち、船は沖を埋め尽くすほどだった。矢は暴雨のごとく降りそそぎ、戟《げき》が兵士や水手を貫《つらぬ》き、あるいは切り裂き、海を血に染めた。

雷鳴にいち早く気づいたのは、戦には慣れた老将だった。だが、気づいたときにはもう遅かった。雷雲はすべるように戦場に近づき、あっというまに上空に広がった。あたりは夕闇《ゆうやみ》が訪れたように暗くなり、矢の代わりに雨が降りだした。

雷が落ちた。沙来の軍勢と沙文の軍勢の、ちょうど境あたりに。

閃光《せんこう》がまたたき、海を割らんばかりの雷鳴が轟《とどろ》く。

船は炎をあげ、雷に貫かれた兵士たちは海へと落ちる。雷はつぎからつぎへと船へ落ち、海上は燃える船の明かりに照らされた。悲鳴が海に満ちる。雷は容赦がなかった。

雷雲はしだいに沙来、沙文の島へと伸びはじめる。沙来の浜辺に雷が落ちる。浜昼顔が焼ける。海辺の村に、山に、城下に。雷が島を蹂躙《じゅうりん》する。人々は逃げ惑ったが、どこへ逃げようとおなじだった。

家々が火の手をあげ、山の炎は晩秋の乾いた風に巻きあげられて、舐《な》めるように広がってゆく。

「累様、こちらへ」

忌は由を抱きかかえ、累を庇《かば》いながら、炎から逃げていた。風上に向かおうとするが、風向きは急に変わってしまい、あてにならない。炎を避けて逃げるうち、気づけば岬に出ていた。あの岬だった。笛の稽古に励み、滅びの音色を聞いてしまい、瑗が身を投げたあの。

忌は愕然《がくぜん》として立ちすくんだ。すべてが海神の導きであるような気がした。背後から火の手が迫り、忌は急いで累を岩陰《いわかげ》に押し込んだ。その腕に由を渡す。由はこんな混乱時にもかかわらず、泣きもせず美しい瞳で忌を見あげていた。

──累様は『海神の娘』だ。きっと海神のご加護があるはず。

そう思うも、先代の領主は死んだ。瑗も死んだ。炎が迫り、背中が熱い。

頭上で鳥のさえずりが聞こえた。浅浅だった。鶺鴒のさえずりは複雑だ。一定ではない。まるで笛の音のような……。

忌はぎくりとする。耳を澄ます。浅浅のさえずり。これは──この音色は。この曲は。

あの、滅びの曲だった。

浅浅が滅びの曲を奏でている。

「滅ぶのか」

忌はつぶやいていた。沙来は滅ぶのか。めまいがする。あのとき、忌が滅びの曲を吹いたせいで？　それとも、そんなものは関係なく、海神の思し召しなのか。

浅浅のさえずりはつづいている。美しい旋律だった。忌は無性に笛が吹きたくなった。激しくかぶりをふって、頭に響く音色と衝動をかき消す。

炎の勢いが弱まる。風向きが変わったのだ。その代わりのように、怒声と悲鳴が聞こえてくる。逃げ惑う声ではない。暴力と略奪の声。領が滅びようというのに、火事に乗じて醜《みにく》い争いが起きていた。その騒がしさは近づいている。

——ここに近づけてはならない。

「累様、ここを離れませぬよう。由様をお守りください」

忌は言い置いて、岩陰から離れた。狼藉者《ろうぜきもの》をなるべく離れた場所へと誘導せねばならない。どうすればいいか。

耳元でひゅっと音がして、そばになにかが落ちてきた。頭上を鳥が舞う。浅浅だった。落ちたものを拾いあげる。黒漆のつやが美しい、古ぼけた、それは——。

ああ——笛! 俺の笛だ。

海に捨てたはずの、笛だった。

忌の全身が震えた。恐怖にではない。歓喜に。

どうしてこの笛がここにあるのか、いや、浅浅がなぜこれを落としたのか。

「海神よ……」

——俺に吹けというのか。それを所望しているのか。

海神が。この俺に。

忌は震えながら笛を構えた。息を吹き込む。やわらかな音が響いた。

──ああ……。

鋭く細い息を吹き込めば、高い音が出る。やさしく太い息なら、低くまろやかな音が。高く、低く、速く、遅く。柔軟に、自在にそのあいだを行き来し、その音色は風や炎の音さえも合わさって、ひとつになり、響き渡る。浅浅のさえずりが重なる。笛と鳥の音は外れているようで、合わさっている。乱れているのに、整っている。これほど渾然一体《こんぜんいったい》となった音色を、忌は聞いたことがない。

音色に惹きつけられて、何人もの人間があとを追いかけてくる。忌は風と炎、鳥の音のなかに、海神の声を聞いた気がした。

＊

笛の音が聞こえる。

累は岩陰に身を潜め、由をきつく抱きしめたまま、その音色を聴いていた。由がむずがって泣きだしたらどうしよう、と案じていたが、由は笛の音に一心に耳を澄ませている様子で、声も発しなかった。

——忌はどうしただろう……。

狼藉者たちから逃げられているといいが。累は祈るしかなかった。由を抱きしめる。岬から見える海上には、燃え上がる船の群れがあった。

——きっと、わが君は助からない。

暗い予感があった。『海神の娘』としての勘なのかどうか、わからない。どうしてこんなことになったのか。雷を落としたのは海神だろう。なにが怒りに触れたのか。これまでもさんざん沙来と沙文の戦はあったのに。それとも、とうとう堪忍袋の緒が切れたと、そういうことだろうか。

——霊子様は、なにもおっしゃらなかった。

戦を起こさぬように、気をつけて。そんなことは言わなかった。『海神の娘』は、政にかかわってはいけないから？　だが、それなら託宣をくだせばいい。戦をするなと各領に告げればいい。なぜ。なぜ、こんなことに。

ふいに笛の音がやんだ。累ははっと顔をあげる。忌になにかあったのか。

その瞬間、すさまじい轟音《ごうおん》が響いた。累は由を抱《かか》えて地面に伏せる。

雷が落ちたのだ。

音と震動が消え、累は腰をあげる。岩陰から顔を覗かせると、遠くの林から火の手があがっていた。

チュイチュイ……と鳥のさえずりが聞こえる。頭上をふり仰ぐと、浅浅がいた。浅浅は何周か頭上を旋回したあと、火の手のほうへと飛んでゆく。ついてこい、と言っているようだった。累は迷い、由を見おろす。由は浅浅の動きを目で追い、きゃっきゃと笑い声をあげた。累は由を抱え直し、浅浅のあとを追いかけた。

風は向こう側へと吹いているので、炎がこちらに迫ることはない。火の手があがっている林に近づくにつれて、異様なにおいがしてくることに気づいた。

肉と塵《ごみ》が焼けるような、いまだかつて嗅いだことのない、いやなにおいだ。木々が焼《や》け焦《こ》げている。あらかた燃え尽きて、炭化した木も多かった。下草はまだちろちろと燃えている。ここに雷が落ちたのだろう。地面も焦げていた。その上に、黒々と焼け焦げた丸い物体がいくつか転がっている。それが人だったものだと気づくには、いくらか時が必要だった。気づいた累は、吐《は》きそうになるのをなんとかこらえる。由はなにもわかっていない様子で、ただひとつ、くしゃみをした。

――忌は……。

まさか、忌もこの黒焦げの骸《むくろ》のなかに。

だが、違った。燃えた木々の奥に、倒れた人影がある。累は震える足を動かし、そこまで歩いた。

忌が仰向けに倒れていた。事切れているのは、触れずともわかった。ほかの人々のように焼け焦げてはいない。それどころか、どこにも傷ひとつ見当たらない。彼は笛を抱え、満足そうな笑みを浮かべて、眠るように死んでいた。

——なにがあったの。

わからない。混乱する。浅浅が鳴いた。また頭上を旋回し、導くように飛んでゆく。今度は来たほうへと戻ってゆく。累はひどく混乱したまま、熱に浮かされたように浅浅のあとについていった。

岬へと辿《たど》り着《つ》く。海を見おろし、累は「あっ」と声をあげた。小舟が一艘《そう》、浜辺に近づいてきている。櫓《ろ》を漕《こ》ぐ水手がひとり、舟のなかほどに座る者がひとり。それは藍色の衣を身にまとった、媼《おうな》だった。巫女王からの使者である。累は急いで浜辺へと向かった。

浜昼顔が無残《むざん》に焼き尽くされている。砂浜も焦げていた。そこに舟が乗り上げ、媼が降りてくる。見覚えのある顔だった。かつて累を迎えに来た使者の媼だった。

「沙文へ向かいなさい」

媼は言った。

「その子が沙文のつぎの領主。その子をつれて沙文へ行くようにと、霊子様はおっしゃっておいでだ」

「しゃ、沙来は」累は喉も口のなかも渇いていて、うまく声が出なかった。ごくりと唾《つば》を飲み込み、ふたたび口を開く。

「沙来は……どうなるのですか」

「滅ぶ」

　こともなげに媼は言った。

「この島はほぼ燃え尽きている。これではもう金もとれまい。人も住めまい。残った者は沙文へ移り、沙文で暮らすがよい。そう仰せだ。沙文の領主一族はことごとく雷に打たれて死んでいる。よって領主は沙来の生き残りとする。そういうことだ」

『そういうこと』と言われても、累にはどういうことかわからない。累は腕のなかの由を抱きしめた。

「わ、わが君は……あのかたは、どうなったのです」

　もはや答えはわかっていたが、訊かずにはいられなかった。

「沙来の領主は死んだ。ほかの領主一族もことごとく死んだ」

　絶望が襲いかかる。累は泣くまいと必死に唇を嚙《か》みしめた。

「どうして……どうして、海神は。それほどまでに、お怒りだったのですか。沙来と沙文に」

　媼は一瞬、迷うように目が泳ぎ、下を向いた。

「海神の思し召しは、私にはわからぬ。わかるのは、霊子様のみ」

「霊子様は、なんと仰せですか。海神がお怒りだと？」

嫗は沈黙する。ただかぶりをふった。

「なぜ——なぜ、皆、死なねばならなかったのです。それほどの罪を、わたしたちは犯したのですか。あれほどの罰を受けねばならぬほど」

嫗はまたかぶりをふり、舟を指さした。

「さあ、乗れ。これからともに沙文へ向かい、私が霊子様の託宣を告げる。その子がつぎの領主であると」

累は涙ににじむ瞳で、由を見つめた。由はきょとんとした顔で、母を見あげるのみだった。

——沙文の人々は、この子を受け入れてくれるだろうか。

沙来の領主の息子を、領主として迎えてくれるのか。憎しみのまま、殺されはしないだろうか。いくら託宣といえど。

「……沙来の者であると……沙来の領主の血を引く子であると、隠すことはできませんか」

由を抱きしめ、累は尋ねた。いや、希《こいねが》った。

嫗はしばし沈黙したあと、口を開いた。

「それは霊子様が決めることではない」

かまわない、ということだと累は判断した。

「では、沙文へつれていってください。わたしのことは、あなたとおなじ、巫女王から遣わされた媼だということにします」

累は決意して、舟へと乗り込んだ。遠ざかる島をふり返る。島はあちこちから炎と煙があがり、黒く煤《すす》け、燃え落ちていた。死の島だ。

「沙文の『海神の娘』は、どうなさっているのですか」

媼に訊くと、

「あれは、逃げた」

と簡潔な答えが返ってくる。

「え？　逃げた？　どこへ……」

「どこへかは知らぬ。船で逃げたそうだ。領主を見捨て、従者とともに」

「逃げ切れるものですか？　海神は――」

「海神の思し召しはわからぬ」媼はため息をついた。「海神は、あの娘を見逃してしまわれた」

「見逃した……」

領主一族は滅ぼし、島を壊滅させ、いっぽうで『海神の娘』が逃げるのは見逃した。海神の考えが、すこしもわからない。

考えてもしかたないのだろう。神の考えることなど……。

由は波に揺られるのが心地よいのか、累の腕のなかですやすやと眠っている。累はそのやわらかな頰《ほお》を眺め、声もなく、涙を流した。

＊

「海若……」

霊子は泉に浸かり、海神の名を呼ぶ。返ってくる声はない。

返事をしない理由はわかっている。霊子が怒っているからだ。

「沙来を滅ぼし、沙文の領主一族を滅ぼし……あなた、いったいなにをしたいの」

瑗は自ら命を投げだした。累は夫を失った。

霊子は、『海神の娘』を不幸にしたいわけではない。逆だ。幸せであれと願っているのに。

「いいえ、わかっているわ。あなたはあの曲が聴きたかっただけ」

滅びの曲。あれを風のなかから聞きとった楽師がいた。笛を奏でた。海若はそれを喜んだ。だから——。

「もう一度、あの曲を聴きたかったのね」

霊子はうなだれ、長い髪が水面に散らばる。水底からあぶくが湧き立った。

「また、聴けるといいな」

海若が、そう言った。

ああ、と霊子は両手で顔を覆う。——かなしむな。ひとでなしの分際で。胸の奥底から
そんな声がする。

——いつからこうなってしまったのだろう。

最初からか。霊子が巫女王に選ばれたときから。いや、もっとずっと。

悠久のときのなか、海若は、なにも変わっていないのだ。このさきも、変わることはない。

「加護を」

霊子は顔から手をおろし、泉に向かって言う。

「新しい沙文の領主に、あなたの加護を。せめてあの子が幸せであるように、絶えることのない加護を授けてちょうだい」

霊子にできることは、それくらいだった。

あぶくが立つ。承知した、という声がした。

黄金のうたかた

璋《しょう》は沙文の名門、良鴇《りょうほう》一族の娘である。

父は朝廷の令尹《れいいん》（宰相）で、母もまた名門一族の娘だった。上に兄がふたり、姉がひとりいるが、歳が離れており、幼い璋の遊び相手にはならなかった。両親は似た年頃の良家の娘を遊び相手に宛《あて》がったが、彼女たちは良鴇家より家格のさがる家柄《いえがら》ゆえに、幼いながら親から失礼のないようにときつく言い含められていた。璋のやることなすこと、なんでも褒めて、勝負事は常に勝ちを譲り、物をあげれば大仰にうれしがった。彼女たちも疲れただろうが、璋にとっても、ひどく退屈だった。

六、七歳のころになると、璋は教育係や侍女の目を盗んで屋敷内をうろつき、厩《うまや》や厨《くりや》といった場所に潜り込んだ。

「あれま、お嬢様！　いけませんよ、こんなとこに来ちゃあ」

見つけられるといつも追い出されたが、璋は馬が秣《まぐさ》を食《は》むところや、竈《かまど》のなかが赤々と燃え、鍋《なべ》から湯気が立つのを見るのが好きだった。

——呑気《のんき》なものだ、お嬢様は。

と、きっと下働きの者には思われていたことだろう。手を汚して働く必要もなく、眺めるのが好きだと平気で言ってのけられる身分の璋を。

そんな場所へ出入りするものではないと教育係にはたしなめられ、父母には叱られた。その実際の意味を、子供の璋はわかっていなかった。

嬰《えい》に会ったのは、十歳くらいのときだっただろうか。嬰もそれくらいだった。彼女は厨の外の井戸端《いどばた》で、青菜を洗っていた。冬の寒い日で、嬰の手は真っ赤になっていた。それまで厨に年頃の近い者を見たことのなかった璋は、うれしくてそばにしゃがみ込んだ。

「ねえ、あなた名前はなんていうの？　わたしは璋よ」

嬰はぽかんとした顔で璋を見ていた。

「お嬢様！　いけませんよ、そんなところにしゃがみ込んで」

すぐに侍女に見つかり、璋はつれだされたが、翌日も、さらにその翌日も、璋は厨へ通った。嬰、という名前を教えてくれたのは翌日すぐのことで、彼女は口数がすくなかったが、璋が訊けば目を伏せがちにとつとつと答えてくれた。

嬰は肌の浅黒い、痩《や》せぎすの少女だった。家族は母親ひとりきりで、母親も嬰も婢《はしため》だという。当時、璋は婢の娘は婢にしかなれないという決まりを知らなかった。

嬰はいつ行っても忙しく、厨のなかでまめまめしく働いていた。それに璋はついてまわり、あれこれ話しかけた。嬰は璋のご機嫌とりをするだけのほかの娘たちと違い、寡黙で無愛想で、そこを璋は気に入った。

「お嬢様、あまり婢と親しくするものじゃありませんよ」

そう言う侍女に璋は反発した。

「どうして？　婢でも、嬰はわたしの友達よ」

侍女は困ったような顔をしていた。

ある日、嬰はめずらしく厨の外で膝を抱えていた。

「どうしたの？」

と訊くと、

「母が病気で」

とぼそぼそとした返答があった。

「お母様が病気なの？　たいへん。お医者様には診《み》せた？　お薬は？」

嬰は力なくふるふるとかぶりをふった。いつになく気弱な様子だった。

璋はぜひとも力になってあげたいと思った。俄然《がぜん》、張り切った。こういうときに力になってこそ、友達だと。

医者にも診せられず、薬も買えないのはお金がないからだろう、と璋は考えたが、璋も侍女たちからお金を持たされてはいない。考えた末に、「そうだわ！」と璋は自室へとって返し、以前誰かからもらった金細工の腕輪を手に嬰のもとへ戻った。

「これをあげる。お金に換えればいいわ」

嬰は青ざめて拒否したが、璋は半ばむりやり彼女に押しつけて、立ち去った。満足していた。これできっと、嬰の母親はじゅうぶんな治療を受けて、よくなるだろう。

翌日のことである。璋は厨のほうからなにかを打ちたたく音が聞こえて、近づいた。

厨の外で、嬰が男に棒で打ち据えられていた。

「盗みを働くとは、とんでもない子供だ。もうここに置いてもらえると思うなよ」

嬰を打ち据える男の手には、璋のあげた金の腕輪があった。

男が棒を構える。それが打ちおろされる前に、璋は「待って！」とあわてて駆けよった。

「それは、わたしが嬰にあげたのよ！　盗んだのではないわ！」

「お嬢様」

男は棒をおろし、媚《こ》びるような笑みを浮かべた。

「庇い立てせずともよろしゅうございますよ。いや、このようなところをお見せして、申し訳ございません」

「庇ってるんじゃないわ、ほんとうなのよ。ほんとうに、わたし――」

「お嬢様はなんとおやさしい。大丈夫ですよ、そうひどいことはしませんのでね。さあ、もうお戻りください」

男はまるで取り合わない。璋は大泣きして地団駄を踏んだ。騒ぎを聞きつけて侍女がやってきて、璋を自室へと連れ戻す。璋は涙ながらに侍女に訴え、侍女がそれを母に報告し、腕輪はほんとうにあげたもので、嬰は盗んでなどいない、ということが認められた。

後日、璋は嬰のもとを訪れた。嬰は竈の前にしゃがみ込み、竹筒をふうふう吹いて火をおこしていた。顔が煤で汚れているが、その下に殴られた痣《あざ》があるのが痛々しかった。

「大丈夫？ 痛くない？」

璋も隣にしゃがみ込んで訊くと、嬰は竹筒から口を離さぬまま、無言でうなずいた。

「あの、ごめんね……すぐに助けてあげられなくて」

嬰はちら、と横目に璋を見た。薪《まき》に火が回り、ちろちろと燃えだす。嬰は火の様子を見ながら薪を足していった。

「お母様の具合はどう？ よくなった？」

嬰は薪を竈に入れながら、

「死にました」

と、そっけなく言った。

璋は絶句して固まった。

「ほかの仕事があるので」と嬰は言い、竈の前から去っていった。璋はさがしにきた侍女に見つけられるまで、しゃがみ込んだまま、その場を動けなかった。

——死んでしまった。嬰のお母様が。

あの腕輪を換金したくらいでは、医者を呼べなかったのだろうか。よい薬を買えなかったのだろうか。数日、璋は悶々《もんもん》として夜もよく眠れなかった。

元気のない璋の様子を見た侍女が心配して、「いったい、どうなさったんです?」と訊いてきた。璋は、ぽつりぽつりと嬰の母親が亡くなったことについて話した。聞き終えた侍女は、「しかたありませんよ」とこともなげに言った。

「貧しい者は、あっけなく死ぬものです。小金が入ったからって、ずっとお医者様にかかるわけにはいきませんし、休んでいるわけにもまいりません。病気になったら、いっそぽっくり死んだほうがましというものです」

「そんな……」

璋は話す前よりも悶々としてしまった。

それからまた数日後のことである。巫女王のもとから、璋の家へ使者が来た。『海神の娘』を迎えに来たという。璋を、ではない。嬰である。

「——嬰が、『海神の娘』に?」

母は巫女王の島へと向かう嬰のために、衣を仕立てる手配をしたり、餞別《せんべつ》を用意するのに忙しい。領主の沙文の君からも祝いの下賜品があるそうだ。屋敷内がなんとなくざわめいているのを、璋は感じていた。

「この屋敷からいなくなってしまうの？　もう会えないの？」

侍女に尋ねると、「そうですよ」と返ってくる。

「婢から『海神の娘』に。大出世ですねえ。これでどこかの領主へ嫁ぐ娘に選ばれたら、なおのこと」

璋は嬰のもとへと急いだ。嬰はもう厨にいなかった。屋敷の一室を与えられて、湯浴みで垢《あか》をすっかり落とし、こざっぱりした衣に着替え、濡《ぬ》れた髪を侍女に梳《くしけず》られていた。

「嬰」

璋が入り口から覗き込むと、嬰は顔を向けた。相変わらずの無表情だったが、湯につかったおかげで頬が上気していた。

璋はおずおずと部屋に入る。

「嬰――」

もう会えないの？　と侍女に訊いてすでに答えを知っている問いをしかけた。だが、その前に嬰が口を開いた。

「お嬢様」

嬰のほうから言葉をかけてくるのは、非常にめずらしい。いや、はじめてではないか。

「これでお別れです」

嬰は、唇を吊《つ》り上《あ》げた。笑ったのだ、としばらく気づけなかった。璋は、嬰が笑うのをはじめて見た。

その笑みはどこか皮肉で、嘲笑《ちょうしょう》めいていた。

嬰が巫女王の島へと去り、数年がたった。璋は十七歳になった。父母は嫁入り先を吟味している。子供のころは落ち着きなく屋敷内をうろうろしていた璋だが、いまや折り目正しい、美しい娘へと育った。良家の娘らしく外出することもろくにない、箱入り娘だ。あるとき、娘を外に出したがらない父が、めずらしく璋を梅見につれだした。母も一緒である。見事な梅林を庭に持つ邸宅があるとか、どうとか。なにやら思惑がありそうだと思っていると、梅林でひとりの青年に遭遇した。

「鴟《し》牙《が》家の嫡男だ」

と父は紹介した。はぁ、と璋は理解した。彼が璋の結婚相手だということだ。

彼は名を展《てん》といった。武人のような体格ながら、風雅さも備えた青年だった。口数はすくなく、唇は凜々《りり》しく引き結ばれている。ひとこと、ふたこと父と言葉を交《か》わしただけで、展は去っていった。

「あれは令尹になる男だと私は見込んでいる」

父が満足そうに展のうしろ姿を眺めていた。璋は黙ってそれを聞いていた。いやな印象はなかった。あたりに漂う梅の香のように、凛《りん》として阿《おもね》らない人だと思った。

嫁入りは一年後と決まったが、いくつもある婚姻儀礼をはじめる前に、ひとつの知らせが入った。

――沙文の君のもとに、『海神の娘』が嫁いでくる。

急遽《きゅうきょ》、璋は『海神の娘』の侍女を務めることになった。むろん、決めたのは父である。令尹として領主の夫人に娘を侍《はべ》らせたい、ということだ。『海神の娘』は政にかかわらないが、やはり夫人への影響力は持っていたい。そういう考えである。結婚前の行儀見習いにもよかろう、と父は言った。名門の良家に育って、いまさら行儀見習いもないだろうに、と璋は思いつつ、領主の屋敷での暮らしも、『海神の娘』にも興味があったので、おとなしく従った。

脳裏をよぎるのは嬰のことだ。いまごろ、どうしているだろう。できることならば、璋は嬰にもう一度会いたかった。子供のころの思い出は、苦く、やわらかく、胸に沈んでいる。

侍女が『海神の娘』と顔を合わせるのは、婚儀の翌日である。『海神の娘』に用意された部屋で、璋はほかの侍女たちとともに待っていた。やがて従者が扉を開け、彼女が入ってくる。璋はひざまずき、顔を伏せる。ほかの侍女たちもおなじである。『海神の娘』は立ち止まり、璋たちを眺めているようだった。なかなか声をかけない。璋たちのほうからかけるわけにはいかなかった。床についた膝が痛むが、そんなことは顔に出せない。ようやく声がかかった。

「――お嬢様」

璋は耳を疑った。なんと言った？　お嬢様？

「顔をあげて」

若い声だった。璋とおなじくらいの歳だろう。高く澄んだ声だ。鳥のような。

言われたとおりに、璋は顔をあげた。『海神の娘』の顔が見える。黒髪を高く結いあげ、不健康なまでに青白い顔に、赤い口紅が引かれている。一重の目はすっきりとして、涼やかだった。

彼女はすこし首を傾け、唇を吊り上げた。どこか人を小馬鹿《こばか》にしたような、嘲るような笑いかた。

「覚えてないかしら。わたし、嬰よ。あなたのお屋敷の、婢だった――」

えっ、と璋は思わず声を出していた。まじまじと彼女を見あげる。嬰は肌の浅黒い、痩せぎすの少女だった。目の前の彼女は、ふっくらとした頬に、青白い、陽光を避けて過ごしたかのような不健康な肌をしていた。

「面影《おもかげ》がないでしょう。わからないのも無理はないわね。あなたはお変わりないわ。子供のころと変わらず、おきれい」

ふふ、と嬰はまたも笑った。このよく笑い、しゃべる娘はほんとうに嬰だろうか、と璋はぼんやり思う。子供のころは、まったく笑わず、寡黙な少女だったのに。

「まさか、こうしてふたたびお会いするとは思わなかったわ。あなたが侍女だなんて」

嬰はおかしそうに笑う。床についたままの膝が痛い。立ってよいと言われていないので、璋は立てない。嬰は璋の顔を覗き込み、微笑を浮かべた。

「よろしくね。璋」

璋は令尹の娘であり、名門の家柄でもあるので、当然、侍女頭は彼女だろうと思われていた。だが、嬰はほかの娘を侍女頭に選んだ。

「だって、かつてお仕えしていたお嬢様にあれこれ指図するなんて、畏《おそ》れ多《おお》くて」

と、嬰は申し訳なさそうな顔で周囲に言った。そのころには屋敷内の者から朝廷の者にまで、嬰が良鴗家の婢であったことが知れわたっていた。嬰は婢であったことをすこしも隠そうとしなかった。それを侮る者もいたが、嬰の気さくな態度に好感を持つ者のほうが多かった。

嬰から直接の指示を受けるのは侍女頭で、璋は着替えを用意したり、寝所を整えたりといった役目を担い、嬰と言葉を交わす機会はあまりなかった。

だから、知らなかった。嬰がときおり肩をさすり、古傷が痛むと侍女に訴えること。それが婢だったころ良鴇家で受けた暴力の傷であること。お嬢様の腕輪を盗んだ濡《ぬ》れ衣《ぎぬ》を着せられたせいであること。嬰はそれが璋のせいだとは口にしなかったが、周囲は、良鴇家が婢を虐待していたと受けとった。さらには、璋がそれに加担していたと。

璋は屋敷内で孤立していった。


「大丈夫ですか」

鵾牙展が璋のもとを訪ねてきたのは、璋が侍女たちにまともに口をきいてもらえず、召使いたちからも白い目で見られているころだった。

展が心配してやってきたということは、朝廷にまでいまの状況が知れわたっているということだ。璋は恥じて目を伏せた。

「お恥ずかしいことです。申し訳ございません。父もさぞお怒りでしょう」

展は眉をひそめた。

「案じておいでですよ。侍女をやめて、戻ってきてもいいと」

璋は驚いて顔をあげた。

「父は……父の立場は、悪くなっているのですか。そのような、気弱なことをおっしゃるなんて」

その言葉に、展は目もとを和らげ、ほほえんだ。璋は、こんなふうに気持ちのいい笑みを、ひさしぶりに見た、と思った。それに気づいて、鼻の奥がつんと痛んだ。

――気弱になっているのは、わたしだわ。

思っていたよりずっと、気疲れしていたようだった。

「立場が悪くなったわけではありませんので、ご心配なく。それよりも、近々、戦が起こるやもしれぬので」

「戦が？　もう何年もなかったのに……」

沙文と沙来は長年戦を飽かずくり返してきた間柄《あいだがら》だが、前の戦で沙来の領主が亡くなって以降、新たな戦は起こっていない。領主を狙わないのはおたがい暗黙の了解であったのに、風向きのせいとはいえ、矢で射殺してしまったことを、沙文でも問題視したのだ。もし神罰があったらどうしよう、と民は恐れた。

「神罰がくだる気配がない。それゆえ、わが君は沙来の君を殺したのは海神の思し召しに適《かな》っていたのでは、と仰せで」

今度は璋が眉をひそめた。展は言葉をつづける。

「戦になれば、令尹は左軍の将として海に出ます。そのまえに、あなたとゆっくり過ごしたいとお思いなのでしょう」

「そうですか……」

迷う璋に、展は「また来ます」と言い置いて去っていった。

展の去っていったほうをいつまでも眺めていると、

「璋」

と背後から声がかかり、璋は肩が跳ねた。ふり返れば、嬰がいた。ひとりである。侍女は、と周囲を見まわす璋に、「たまにはわたしもひとりになりたいときがあるわ」と嬰は笑った。唇だけのいつもの笑みだ。璋は背中のあたりがずしりと重くなるのを感じた。

「いまのは、あなたの婚約者でしょう」

「ええ……よくご存じですね」

「ふふ」

嬰は含み笑いをした。

「わが君に頼んで、わたしの従者にしてもらいましょうか。それなら、あなた、いつも会えるようになるわよ」

背筋が寒くなった。

「いいえ、けっこうでございます」

即座にきっぱり断ると、嬰は鼻白んだように笑みを消した。そのほうが、璋には見覚えある嬰に思えた。

「奥方様」

そう呼びかけると、嬰は無表情に璋を見た。ますます、子供のころを思い出した。

「いままでちゃんと言葉を交わす機会がございませんでしたので、こうして話しかけていただけて、ありがたく思います」

嬰は無言だ。不機嫌そうに見える。

「もう一度、お会いしたいと思っておりました。子供のころ、あなたが巫女王の島へ行ってしまったときから」

嬰の頬がひくりと動く。

「身勝手なことを申しあげるようですが、もう一度会えたら、あなたに謝りたくて――」

「謝る?」

嬰が唇をひきつらせ、甲高《かんだか》い声を出した。璋は口を閉じる。

「あら、なにをかしら。暇つぶしにわたしをかまいにきたこと? めずらしい鳥でも眺めるみたいに、わたしが竈の火をおこすところを見ていたこと? 思いつきで金の腕輪を恵んでやって、そのせいで消えない傷を負わせたこと?」

嬰の唇は震えていた。璋は口を開きかけ、また閉じる。璋の唇もまた震えていた。

「お嬢様、あなたは、あなたにとっては、暇つぶしでも――」

上擦った声で言いかけ、途中でやめて、嬰は肩で息をする。鳥の声が上空から聞こえる。細く短く、くり返されるさえずり。璋が見あげると、頭上高くを鶚《みさご》が旋回していた。

「あれは海神の鳥よ」

嬰が、打って変わって冷たく沈んだ声で言った。「わたしを見張ってる。忌々《いまいま》しい鳥」

吐き捨てるような口調だった。

見張ってる、と璋は小さく復唱する。

「……あなたは、逃げたいの？」

思わず口をついた言葉だった。嬰がきっと璋をにらむ。

「逃げられやしないわよ」

そう言い捨て、嬰はきびすを返した。そのうしろ姿は、妙にさびしげだった。


その日から嬰は荒れるようになった。

髪の結いかたが気に入らぬと侍女を打擲《ちょうちゃく》し、羹《あつもの》がぬるいと言っては器を給仕にぶつけ、笑い声がうるさいと婢を罰した。

嬰は、璋には手をあげなかった。いつも燃えるような瞳で璋をにらみつけるだけだった。

璋はそのまなざしを受けとめた。見返した。嬰はいつでも目をそらし、顔を背けた。

『あなたにとっては、暇つぶしでも――』

そのさき、なにを言おうとしたのか、璋はずっと考えている。

「奥方様は、どうもわが君とうまくいっていないらしい」

そんな噂《うわさ》が広まるのに、そう時はかからなかった。さざなみのように人々の嘲笑が屋敷に満ちる。ひそやかな蔑《さげす》みが嬰に向けられる。嬰はますます荒れた。

「やはり、もとが婢だから」

蔑みは棘《とげ》となり、嬰への態度はぞんざいに変わる。嬰の身の回りの世話は、いまやすべて璋が担っていた。ほかの侍女の態度を見かねて、璋がそう望んだ。

「さぞ、おかしいでしょうね」

璋に髪を梳られながら、無気力に嬰は言った。璋は手をとめぬまま、「なにがです?」と問うた。

「立場がすっかり逆になってあなたの上に立ったと思ったのに、結局わたしは婢よ。もとが卑しいから、性根も卑しいんだわ」

璋は手をとめた。櫛《くし》を置いて、長い黒髪をまとめ、笄《こうがい》で頭上に結いあげる。

「おかしくはありません。つまらないと思っております」

嬰はぴくりと眉をあげ、璋のほうに顔をねじる。「つまらない?」

「もっと気骨のあるかただと思っておりましたから」

璋は金細工の簪を挿す。花を象《かたど》った細工だった。

「子供のころのあなたは、無愛想で、わたしのことなんてまるで相手にしなくて、孤高の花のようでしたよ」

婴は、ふっと片頬《かたほお》を歪《ゆが》めて笑った。

「花ですって？　薄汚れた婢が？」

「わたしには、美しい花でした」

婴の笑みが消える。子供のころのような無表情が戻る。ああ、これだ、と璋は思う。この顔なのだ。これこそ、婴なのだ。

婴は不機嫌そうに璋を押しのけ、部屋を出て行った。

媚びた笑い声が聞こえる。婴をさがしていた璋は、足をとめた。回廊から庭に出て、木《もく》犀《せい》の木々のあいだを抜ける。声はその奥から聞こえてきた。

木にもたれかかる、青年の姿が見える。すらりとした、様子のいい三十前の男だ。士《し》陽《よう》。沙文の君の弟だった。璋は眉をひそめ、木陰《こかげ》に身を隠す。士陽の隣には、婴がいた。

士陽が木犀の花を手折《たお》り、婴の髻《たぶさ》に挿す。婴がはにかんだ笑みを見せた。璋がはじめて見る表情だった。まるで可憐《かれん》な幼い少女のようだ。

——あれは婴ではない。

婴はあんな表情をしない。だが、璋の思いとは裏腹に、婴はうっとりとした目で士陽を見あげている。

璋はわざと足もとの落ち葉を跳ねあげるようにして歩き、ふたりに存在を知らせた。士陽があわてて嬰から離れる。顔を背け、璋とは逆方向へそそくさと去っていった。みっともない去りかただ、と璋は思う。あんな卑しい態度は貴人のふるまいではない。

眉をひそめていると、嬰がくっと笑った。さきほど見せたはにかんだ笑みとは大違いの笑いかただった。

「すてきなかたでしょう。士陽どの」

どこが――と喉もとまで出かけて、呑み込んだ。

「……このような場所で、嫂《あによめ》にさきほどのようなふるまいをなさるかたが、すてきだとはわたしには思えません」

嬰はおかしそうに笑い声をあげた。

「頭が固いのね。ちょっとしたおふざけじゃないの。たわいのない戯《たわむ》れよ」

ほんとうに？　璋は嬰の顔をじっと見つめる。嬰は真顔に戻り、つまらなそうに息をつくと、黙って璋の横を通り過ぎた。木犀の花がふうっと香る。

「奥方様――」

璋はふり返る。嬰は髻に挿した木犀を抜きとり、その辺に放り捨てた。甘い花の残り香だけが、あたりに漂い、すぐに消えた。

璋の危惧《きぐ》を知らぬ顔で、嬰は士陽との『たわいのない戯れ』を、屋敷内のそこここでくり広げた。噂はすぐさま知れわたったが、沙文の君は気にもかけていないようだった。むしろ、「不肖の弟があれの機嫌をとってくれるので助かる」と笑っていたという。

夫がそんな調子であるので、嬰はいっそう傍目《はため》を憚《はばか》らず士陽との逢《あ》い引《び》きを重ねていた。苦言を呈《てい》する璋を煩わしがって、嬰はべつの侍女をそばに置くようになった。年若い、濁りのない目をした侍女で、嬰のわがままもよく聞いた。

璋は嬰と士陽の笑い声を、扉越しに聞いていた。ときおり、嬰は遠くから璋を見ていた。そんなときはいつも、あの、燃えるようなまなざしをしていた。

*

嬰の母親は婢だった。だから嬰も婢である。父親はどこの誰かも知らない。嬰は顔立ちだけは整い、どことなく品もあったから、父親はそれなりの身分の者だったのかもしれない。

物心ついたときには、どこぞの大夫《たいふ》の屋敷で来る日も来る日も洗濯をしていた。冬場がいちばんつらかったが、それがふつうであったので、しかたないと思っていた。

ここの大夫の妻がたいへん悋気《りんき》の強い妒婦《とふ》で、侍女も婢も見目のよい者は置かなかった。その妻が、まだ十歳の嬰を指して「色目を使った」と罵《ののし》り、屋敷から追い出すよう大夫に迫った。婢というのは金で買われるものなので、追い出してはもったいない。大夫は知り合いに頼み込んで、安く買い取ってもらった。嬰はその屋敷に売られた。それが良鴇家の屋敷で、嬰はそこで璋と出会った。

璋は美しい少女だった。顔立ちが美しいのはもちろん、気品と慈愛に満ちた輝きを放っていた。それゆえに嬰とはまるで異質で、彼女はいつでも嬰のすることを物珍しそうに眺めていた。それが癇《かん》に障《さわ》るとは、思いもしないようだった。恵まれた者は醜い感情を持ち合わせないから、嬰の内心など想像もつかないのだろう。嬰は惨《みじ》めだという思いをはじめて味わった。

惨めで、忌々しい。璋を視界に入れたくない。それなのに、璋がやってくると胸にぽっと明かりが灯《とも》ったように、気持ちが弾んだ。気づくと、璋を目で追ってしまう。璋の悪気のなさにいつも胸をえぐられ、その傷は甘く痛んだ。璋はなにひとつ気づかず嬰を傷つけ、傷痕《きずあと》を増やしてゆくのだ。いつかこの胸に刻まれた傷を璋にぶつけて、彼女が傷つくところが見てみたい。無垢《むく》な彼女の表情が悲哀と後悔で歪むところを。

だが、嬰が告げる前に、璋は己の親切が嬰を傷つけるところを見てしまった。金の腕輪をもらうところを見ていたほかの婢が、上役に嘘を告げたのだ。嬰がお嬢様の腕輪を持っている、盗んだに違いない、と。

璋は涙を流して己のよけいな親切を悔《く》やんでいた。あの涙を流させるのは、顔を歪めさせるのは、わたしの言葉であったはずなのに――嬰は歯嚙《はが》みしたが、嬰への行為で泣いているのは間違いないので、いくらか満足もした。

このままずっと、璋のそばにいるものだと思っていた。嬰は買われた婢だから、売られぬかぎりは、良鴇家で働くはずだった。

あの使者がやってくるまでは。

「その娘は『海神の娘』である」

と、藍の衣を身にまとう媼が嬰を指さした。

嬰の身の上は、その日からまるきり変わってしまった。

巫女王の島へ出立する日まで、嬰は屋敷内の部屋を与えられた。陽当《ひあ》たりのいい、上等な部屋だった。こびりついた垢を落とすために、何度か湯に入れられた。そのあとは、いいにおいのする香油を体じゅうに丁寧にすり込まれた。

濡れた髪は自分で拭かずともよく、真新しい衣は突っ立っているだけで着せてもらえた。

気分がよかった。璋は毎日、こんな扱いを受けているのだ。こうして壊れ物を扱うがごとくそっと触れられる日々を過ごせば、璋のような娘ができあがるのだ。

――わたしも瑋のようになれるだろうか。

そのときはじめて、嬰は自分が激しく瑋に焦がれ、瑋を求めていることに気づいた。

瑋が憎くてたまらず、同時に欲しくてたまらない。

それと知ったのに、嬰は瑋から離れなくてはならないのだ。『海神の娘』だから。

嬰の部屋を、瑋が訪れた。

嬰はこの皮肉に笑った。もう二度と瑋と会うことはないのだろう。瑋を傷つけることも、傷つけられることも叶《かな》わないのだ。


「沙文の君のもとへ嫁ぐがよい」

霊子からそう託宣が告げられたとき、嬰の脳裏に浮かんだのは、瑋だった。

――瑋に会える。

きっと。沙文へ戻れば、きっと会えるはずだ。

歓喜した。

瑋が侍女として仕えると知ったときにも。ひざまずく彼女を見たときも。

――ああ。

瑋はこれでわたしのものだ。そう思った。

『奥方様』の役目は、すぐに飽《あ》いた。

「わが花嫁が、婢風情とは」

沙文の君・轂《こく》は、嬰が嫁いできた晩にそう吐き捨てた。以来、彼が嬰のもとを訪れることは一度としてなかった。

どうでもよかった。

嬰が欲しいのは、璋だ。嬰は璋を孤立させた。誰にも相手にされず、こわばった顔をした璋が、嬰はいとおしかった。手のうちで慈しみ、かわいがり、大事にしたかった。嬰だけのものにして。

璋には婚約者がいた。知っていた。彼を嬰の従者にしてしまえば、璋も侍女をつづけられるのではないか。そう思った。

「いえ、けっこうでございます」

璋は、冷淡に言ってのけた。なんと冷たい声！　嬰の頭がかっと熱くなった。

冷ややかな声音で、淡々と、璋は言葉を紡いだ。嬰は体の芯《しん》がぐらぐらと揺れるようだった。

「もう一度、お会いしたいと思っておりました。子供のころ、あなたが巫女王の島へ行ってしまったときから」

――なにを言うつもりだ。

「身勝手なことを申しあげるようですが、もう一度会えたら、あなたに謝りたくて――」

「謝る？」

そうではない。璋がやるべきことはそうではない。嬰が、突きつけねばならないのに。あのころ、璋がどれだけ嬰を傷つけたか。それを知らしめねばならないのに。

そして、傷ついた顔を見せてほしいのに。

「あら、なにをかしら。暇つぶしにわたしをかまいにきたこと？　めずらしい鳥でも眺めるみたいに、わたしが竈の火をおこすところを見ていたこと？　思いつきで金の腕輪を恵んでやって、そのせいで消えない傷を負わせたこと？」

嬰は必死にまくしたてた。璋の顔色は青ざめていたが、傷ついてはいなかった。彼女はとうに知っていた。嬰がいま言ったようなことは。幼いころ、己がどれほど世間知らずで、嬰を傷つけたかということは。

悲鳴をあげたくなった。聞いてほしいのは、こんな戯言《たわごと》ではない。

「お嬢様、あなたは、あなたにとっては、暇つぶしでも──」

──わたしにとっては、かけがえのない日々だった。

嬰は口を閉じ、唇をきつく噛みしめる。肩で息をする。唇が切れて、血の味がした。だが紅を濃く引いているから、璋は気づかないだろう。そんなふうに、どれだけ嬰の心が血を流そうとも、きっと気づかないに違いない。

鳥の声が聞こえる。忌々しい鶚《みさご》のさえずり。射落としてしまいたい。

「あれは海神の鳥よ」

ぽつりと言った声は、暗く沈んでいた。

「わたしを見張ってる。忌々しい鳥」

——助けてほしい。

わたしはどこへも行けない。

見張ってる、と璋は小さく復唱する。

「……あなたは、逃げたいの？」

昔のようなやわらかな声音で、璋は訊いてきた。なつかしさに胸がふさがる。喉が苦しい。

「逃げられやしないわよ」

——どこへも逃げられやしない。なにひとつ手に入らない。

璋の澄んだ目が苦しい。嬰は顔を背けて、彼女の前から逃げだした。


士陽と懇ろになったことに、たいした意味はない。

彼は兄を憎んでいて、嫂をかすめとりたかっただけだ。それで兄の鼻を明かした気になっている。穀は嬰に関心などすこしもないというのに。

士陽は穀を憎むと同時に、自分を見てもらいたくてしかたないのだ。嬰が士陽を受け入れたのは、その気持ちがよく理解できたからかもしれない。

璋は口うるさく注意した。嬰はそれを聞きたい気持ちと、彼女を遠ざけたい気持ちとが一緒にあった。

手に入らないのなら、そばに置いておきたくない。

だが、やはり手放したくない。そばにいてほしい。

気持ちが千々に乱れて嬰を苛《さいな》んだ。

戦になる、という話を聞いた。嬰にはどうでもよく、ほとんどその話は頭の上を素通りした。だが、璋が嬰に宿下がりを願い出た。令尹である璋の父は、将として戦場に出ねばならない。その前に父に会っておきたいという。

「あなたの婚約者も戦場へ行くことになるの?」

「はい」と璋はうなずいた。

「じゃあ、婚約者とも会うつもりね」

璋は嬰がなにを言っているのかわからぬ様子で、首を傾《かし》げた。「はあ、そうかもしれません」

嬰は急に苛立《いらだ》ちが湧き起こった。胸が疼《うず》いてじっとしていられない。やにわに立ちあがり、几《つくえ》に置いてあった干果の器を払い落とした。器は割れ、干果が散らばる。

「家に帰るのは許さない」

言葉をたたきつけると、璋は無言でじっと嬰を見つめた。嬰は顔を背ける。

「なぜです？」

璋が訊いた。嬰は、彼女が訊き返してくるとは思わなかったので、動揺した。

「わ……わたしがだめと言っているのだから、理由なんてどうでもいいでしょう」

「それを受け入れてしまえば、ほかの者も宿下がりができなくなってしまいます。正当な理由がないかぎりは、従えません」

嬰はいらいらとその場で足踏みした。

「理由がないのでしたら――」

「わかったわよ。帰りなさいよ。もうどうでもいいわ」

嬰は声を放った。璋は口を閉じ、嬰に向かって一礼すると、部屋を出ていった。その後、璋が命じたのか、召使いが箒《ほうき》を手にやってきたのを、嬰は追い返した。床に散らばる器の破片と干果をそのままに、嬰は庭に出る。

鳥の鳴き声がした。海神の鳥だ。嬰はそちらを見あげもせずに、舌打ちして、足もとの土を蹴《け》った。

心がままならない。苛立ちと焦燥が混ざり合い、憎しみと愛《いと》おしさが交互にこみあげる。

理由を訊かれたとき、そばにいてほしいのだと乞《こ》えば、璋は聞いてくれただろうか。

――馬鹿馬鹿《ばかばか》しい。

嬰は衣が汚れるのもかまわず、その場にうずくまった。

＊

穀が沙来からの使者を斬《き》った。

拝礼のしかたがなっておらぬ、という理由だった。使者は、沙来領主に赤子が生まれたことを知らせるものだった。本来であれば、祝辞を述べ、祝いの品を持たせて帰すべきところだった。沙来へは、亡骸が戻された。

戦がはじまる。

璋は宿下がりが許されて、良鴇家へと一時帰った。父に挨拶《あいさつ》するためだ。令尹である父は左軍の将となり、船に乗って海へ出なくてはならない。

「展は左軍の佐にした。案じずとも、無事に帰す」

父は甲《よろい》の手入れをしながら、璋に言った。

「お父様……」

璋は不安に駆られたが、それを口にしてしまうと、ほんとうに悪いことが起こる気がして、言えなかった。

「ご無事で」

武運を祈るべきだったのかもしれない。だが、口をついて出たのはこの言葉だった。

父は手をとめ、璋を見て、すこし笑っただけだった。


展とも良鴇家の屋敷で会った。

「わが君は、なんの罪もない使者を斬り捨てられた。それも、つぎの沙来の君との託宣がくだっている赤子の誕生を知らせる使者を……」

展の顔には苦渋が刻まれていた。

「わが君をおとめできなかった、われら臣下も同罪だろう。わが君はこたびの戦にずいぶん張り切っておられる。また沙来の君を射殺してやると。われらは……沙文は、もう──」

璋は展の袖《そで》をつかみ、言葉をとめさせた。無言でかぶりをふる。口にしてはいけない。不祥の言葉は。

展は璋を見返し、苦悩に満ちた微笑を浮かべ、うなずいた。

実家で数日を過ごし、領主の屋敷に戻ってくると、嬰の室内はひどい荒れようだった。

几も椅子《いす》も倒れている。厨子《ずし》の扉が開けっぱなしになっており、化粧道具や簪などの装飾品が散らばっていた。円鏡は床に落ちて割れ、銀の水差しが転がり、あたりは水浸しになっている。侍女はひとりもいない。

嬰が窓際の壁にもたれ、座り込んでいた。唇に引いた紅がはみ出て、にじんでいる。髪は結わず、おろしたまま乱れていた。藍の衣は下に着た肌着の上に羽織《はお》っただけで、それもずり落ちかけている。だらしなく伸びた足もとは裸足《はだし》だった。

璋はひとつ息を吸い込むと、まず召使いに命じて箒を持ってこさせ、鏡の破片を片づける。それから床を拭き、化粧道具や装飾品を拾い集めて厨子に戻して、嬰のそばへ歩みよった。

「いったい、どうなさったんです」

と問うと、嬰は気怠《けだる》げに璋を見あげた。目のまわりが赤い。酒のにおいがぷんと鼻をついた。

「どうもしないわ。侍女がわたしの髪を櫛で引っ張ったから、部屋から追い出しただけ」

璋は眉をひそめたが、なにも言わず、几と椅子を戻した。

「座ってください。髪を結いますから」

嬰は顔を背け、立ちあがるそぶりを見せない。璋は嬰のそばへと近づき、膝をついた。

「さあ、奥方様」

さしのべた璋の手を、嬰は払いのけた。璋をにらみつける。

「その声で『奥方様』と呼ばれると、ぞっとするのよ。なんで戻ってきたの？ 戻ってこなくてよかったのに」

璋は嬰の目を見つめた。暗く翳った瞳をしていた。

「侍女の勤めを退けと仰せですか」

「やめたければ、やめればいいわ」

投げやりに嬰は言った。

「わたしはやめたいと申してはおりません。奥方様の真意をお尋ねしております」

「うるさい！」

嬰は突然、激昂《げきこう》した。璋の衣の衿《えり》をつかんで、ひきよせる。

「うるさい、うるさい。その馬鹿丁寧な口調にうんざりしてるのよ。なにが真意よ。わたしは、わたしは――」

わめく嬰の瞳が、間近に見える。あの、燃えるような瞳に変わっていた。激しい感情が燃え、揺れている。その中心に、璋が映っている。

嬰は唇を震わせ、言葉のつづきは消える。璋はただ、彼女の瞳の美しさに見入っていた。どんな宝玉よりも、きっと美しい。このふたつのまなこは。

嬰が璋の目を覗き込む。燃え立つ双眸《そうぼう》が近づく。唇の端《はし》をなにかがかすめた。冷たくやわらかい。それが嬰の唇だということに、彼女が離れてから気づいた。嬰は立ちあがり、璋を見おろす。乱れた髪が彼女の頬にかかる。表情がよく見えない。

そろりと嬰は歩きだした。はだけた藍の衣をひきずって。そんな姿で部屋から出すわけにはいかない。璋はひきとめねばならなかった。だが、動けなかった。固まって指一本動かせぬまま、璋は呆然《ぼうぜん》としていた。

口もとに手をやる。唇の端に、ほんのわずか、怖がるように触れた彼女の唇。指を見ると、紅がついていた。

血のようだと思った。

璋はそれを見つめたまま、動けずにいた。

嬰が士陽とともに島から姿を消したのは、その晩のことだった。

＊

夜の闇のなか、嬰は士陽に手を引かれ、岩場を歩いた。ふたりを挟んで、金で雇った従者ふたりと侍女がついてきている。皆、黙りこくっていた。

あの夜みたい、と嬰は思う。この沙文に嫁いできた夜だ。あの夜、嬰は穀に抱きかかえられて沙文へと入った。今夜、嬰は士陽に手を引かれ、沙文から逃げだす。

――海神はきっと、わたしを見逃してくれるだろう。

わたしのことなど、どうでもいいから。

海神にとっていま重要なのは、おそらく、戦だ。沙文と沙来が滅ぶことだ。きっとそう。だから自分は逃げ切れる。

逃げて、そのさきどうするのだろう、とぼんやり思う。

璋のいない場所で。

いっぽうで、璋のいない場所だからだ、と思う。そういうところに、逃げたいのだ。手に入らぬもののそばにいるのは、もういやだ。いずれ己は璋を壊してしまうのではないか。そんな恐れがあった。床にたたきつけて壊した器や、鏡のように。

月が雲に隠れている。ふと雲が途切れて、薄い光が差し込む。嬰はつと足をとめ、うしろをふり返った。屋敷のほうを見あげる。そちらは暗い影にしか見えない。

璋、と胸のうちで呼んでみる。

――ほんとうは、最後にもう一度だけ、あなたに『嬰』と呼んでほしかった。

『奥方様』ではなく。

ほんとうは、ずっとそう呼んでほしかった。あのころの彼女の声が聞きたかった。

鳥の鳴き声がこだました。皆がぎくりと震える。あの鶚《みさご》――忌々しい鳥。

「矢を」

嬰は士陽に告げる。

「あの鳥を射てちょうだい」

月明かりが鶚の影を浮かびあがらせる。海神が否というなら、あの鶚は射ることができない。だが、射ることができたら。

士陽がかたわらの従者に命じ、弓を引かせる。従者が上空めがけて弓を引き絞る。矢が放たれた。甲高い鳴き声ひとつあげ、鶚は羽根を散らした。

射殺した。海神の鳥を射殺した。

嬰の唇が弧を描く。

士陽に無言で手を引かれ、促《うなが》される。嬰はかすかにうなずき、ふたたび歩きだした。

＊

戦は終わった。

いや、それどころではなくなった。海神の雷が海に落ち、島に落ちた。

沙来への落雷は遠目にも甚大だったが、それに比べれば沙文はまだましだったろう。しかしそれでも城内の建物はほとんどが焼け落ち、邑《むら》もいくつも壊滅状態になった。山火事にならなかったのは奇跡だろう。

領主一族は、ことごとく死んだ。戦前に船で逃げて、安否不明の士陽のほかは。

ことに穀は落雷の直撃を受けて、その亡骸はひどいありさまだったという。

璋の父も死んだ。やはり落雷で死んだようだったが、のちに船から回収された亡骸には傷らしい傷もなく、表情は安らかだったのが幾許《いくばく》かの慰めであった。

展は無事に帰ってきた。父からの命《めい》を受けて、後方の船団へ伝達に向かっていたおかげで、落雷の直撃を免《まぬが》れた。とはいえ燃え盛る船に囲まれ、一時は死を覚悟したそうだ。

朝廷の主だった卿《けい》がほとんど落雷や火にまかれて死んでおり、復興の舵取《かじと》りは困難を極めた。

巫女王からの使者がやってきたのは、そんな折である。

藍の衣の女がふたり――ひとりは老婆で、ひとりはまだ若い女だった――そして、若い女に抱えられた幼子《おさなご》がひとり。男児であった。

「この者が新たな沙文の領主である」

と、老婆が巫女王の託宣を伝えた。ほとんど赤子に近い幼子を前に、展たち生き残った士大夫は当惑した。このまだ言葉もわからぬような小さな子を擁立して、混乱した領内を建て直していかねばならないのか。

とはいえ、海神の託宣は絶対である。皆、神罰の恐ろしさを実感したばかりだ。逆《さか》らう者はいなかった。

老婆は巫女王の島へ帰っていったが、若い女のほうは幼い領主の乳母として島に残った。

幼い領主の名を由といい、乳母の名を累といった。由の出自は謎《なぞ》に包まれている。由を領主として迎えたその日から、燃え尽きた大地から異様な早さで緑が芽吹き、作物が実った。豊漁がつづいて食に困ることはなく、いつになくあたたかな冬となり、天候は安定し、ときに恵みの雨が降った。

海神の加護だ、と誰もが思った。由が笑えば鳥たちが集まり美しくさえずり、手をたたけば魚が跳ねて網に飛び込んだ。

春には人々の暮らしは以前よりも豊かになったくらいだった。

緑が萌《も》えるなか、璋は展のもとへ嫁いだ。

展の屋敷には、木犀が植えてあった。まだ花をつけていない青々とした梢《こずえ》を、璋は眺める。こんなときは、きまって嬰のことを考えている。

――わたしはあのとき、嬰を引きとめなくてはならなかった。

部屋から出てゆこうとしている嬰を。

そうしたら、きっと彼女は島から逃げはしなかっただろう。

——思いあがりだ。

そうも思う。璋など、嬰にとってうるさい侍女に過ぎなかった。婢のころの嬰を知る、うっとうしい侍女だ。きっとそう。

だが、璋の胸は疼痛《とうつう》を訴える。なにかがそこから抜け落ちてしまった。なくなってしまった。

もう二度と戻らない。

木犀の葉に陽が落ちる。つやを帯びた葉は、光を受けて照り映える。黄金色に。風が吹いて、葉を揺らす。葉はそのたび陰《かげ》に沈み、また光に輝く。儚《はかな》く消え失《う》せ、また生まれる、あぶくのようだった。

璋は目を伏せる。

もう、二度と戻らない。

海《かい》棠《どう》の花の下

薄紅色の花弁が揺れる。風に花のにおいが乗って、わずかに甘く香った。

花の下に、少女は佇んでいた。

黒々とした髻に白い顔、頬は花の色が移ったようにほんのりと赤い。利発そうな瞳がきらめいて見える。

海棠の花の下にいるその少女に、展は見とれていた。

良鴇家を訪れ、璋を垣間見《かいまみ》たときのことである。令尹――璋の父は娘を満開の海棠の下に立たせて、わざと展の目にとまるように仕向けたのだった。このときからふたりの縁談は進められていた。璋に知らされたのは、ずっとあとのことだが。

令尹の娘だから、縁談は掃いて捨てるほどあっただろう。そのなかから、なぜ令尹が展を選んだのかはわからない。名門の男も、出世の見込みのある男も、ほかにきっとたくさんいたはずだ。縁談がまとまったとき、展は、正直あの少女と結婚できることよりも、令尹に認められたのだという事実を喜んだ。令尹は展を己の後継者に選んだのだ。

璋とは半年後に結婚するはずだった。だが、その準備をはじめる前に、『海神の娘』が領主のもとに嫁いでくることになった。璋は『海神の娘』である嬰の侍女となり、結婚は先延べとなった。とはいえ何年も務めるわけではなく、嬰の信頼を得て、良鴇家の覚えめでたくなれば璋の役目は終わるはずだった。

展はなにも心配していなかった。璋とは数えるほどしか顔を合わせていないが、賢明な娘であることはわかっている。良家の子女としての立場も弁《わきま》え、礼儀も備わっている。美しいが、近づきがたい美しさではなく、やわらかさがある。侍女として申し分ないだろう。

──ところが、である。

聞き捨てならぬ噂が聞こえてきた。

嬰はかつて良鴇家に仕えていた婢で、璋が彼女を虐《いじ》めていたという噂である。現在、璋は孤立しているらしいことが噂からはわかった。

「璋が侍女を辞めたいようであれば、家に戻ってきてもよいと伝えてくれ」

展は令尹からそう頼まれて、璋の様子を見に行った。令尹は、ふだんの厳格な表情のなかにも、娘を案じる親の顔が覗いていた。

ひさしぶりに見る璋はすこし面《おも》やつれしており、展は眉をひそめた。

──思った以上に、これはまずいのではないか。

しかし璋は心配されたことを喜ぶのではなく、恥じて、うつむいた。己の不甲斐《ふがい》なさを恥じているのである。なるほど令尹の娘だな、と展は思った。半分あきれ、半分感心した。

令尹の言葉を伝えると、まっさきに父の政治的立場を案じたのには、笑ってしまった。彼女は父親とよく似ている。

以前よりも、璋に親しみを覚えた。

展は何度か璋のもとを訪れた。璋は微笑を向けてくれるが、なんとはなしに心ここにあらずというふうがあった。嬰のことが気にかかっているらしい。嬰のかんばしくない噂は聞こえてきている。展が璋に会いに来ているあいだにも、ものが壊れる音とともに癇癪《かんしゃく》を起こした嬰の声が響いてくるときがあった。そういうとき、璋はきまって軽くため息をつくと、「行かなくては。失礼します」と足早に去っていった。いやがる様子ではなく、赤子が泣いたから駆けつける母親のようだった。嬰がどんな主人でも、璋はきちんと侍女として務めを果たしている。見あげたものだった。展は、そんなふうには沙文の君に仕えることができなかった。令尹になら喜んで尽くすが、沙文の君にはとてもそんな気になれない。

沙文の君・穀は歴代の領主がそうであったように、いや彼らに輪をかけて、好戦的な男だった。血の気が多い。臣下への好悪の感情が激しく、気に入らぬ者には侮蔑《ぶべつ》の言葉を吐き、気に入った者へはなにかと褒美《ほうび》を与えた。令尹は穀にとって『気に入らぬ者』ではあったが、父の代からの臣下ゆえにさすがに一目置いているところがあった。

その令尹でも、穀のなにかと戦をしたがる気性には手を焼いている。

隣の沙来とは長年にわたり戦の絶えない間柄だったが、暗黙の了解というものはあった。領土を侵略しないこと。領主を傷つけないこと。だが、前回の戦で沙文は沙来の領主を射殺してしまった。以来、海神の怒りを恐れて戦をしていない。穀はそれが気に入らない。沙来の領主が死んだのは海神の思し召しだ。その証拠にいま、沙文に神罰は与えられていない。戦をすべきなのだ——穀はそう主張する。

神罰を軽んじている。いま神罰がくだっていないように見えるだけで、実はもうくだっているのかもしれない。あるいは、明日にもくだるかもしれない。そうひそやかに噂する言葉の裏には、穀が領主を継いでから長らく『海神の娘』の嫁入りがなかったこと、そしてようやく来た『海神の娘』である嬰の評判がかんばしくないことがある。

いずれにしても、穀を抑えているには限界がある。遠からず、彼は戦を引き起こす。そんな気がしてならない。

予感は当たった。穀が沙来の使者を斬り、戦になった。

令尹は慣例どおり左軍の将となり、展は彼によってその佐に任ぜられた。

「すべては海神の思し召しなのやもしれぬ」

令尹は暗い顔で展に言った。

「わが君をおとめできなかったからには、神罰がくだれば私もそれに殉じよう。あとのことはおまえに任せる」

もはや勝敗が決したように、令尹は覚悟を決めていた。

「私もわが君をおとめできなかった臣下のひとりです。神罰なら私にもくだるでしょう」

展が言うと、

「いや――」

令尹はなにか言いかけたが、かぶりをふって展の肩をたたいた。

「それは海神にしかわからぬ。もし海神がおまえを生かしてくれるようであれば、励め」

戦の準備がはじまった。

璋が宿下がりで帰ってきているというので、展も呼ばれた。璋は心配そうな顔をしていた。令尹の覚悟を知ったのだろう。

「――わが君はこたびの戦にずいぶん張り切っておられる。また沙来の君を射殺してやると。われらは……沙文は、もう――」

――もう、滅びてしまうのではないか。

不祥の言葉を口にしかけた展を、瑋は袖をつかんでやめさせた。無言でかぶりをふる姿は、令尹によく似ていた。

戦がはじまってまもなく、空に暗雲が広がりはじめた。またたくまに黒い雲は空を覆い、あたりは暗くなる。船上にはどよめきが走った。

「展、後方の船へ伝えよ。退却だ。その指示はおまえに任せる」

驚くほどすばやく令尹は告げて、展を船からおろした。雷の轟きがこだまする。雲のあいだに稲光が走った。人々の悲鳴が聞こえる。

「令尹、あなたは——」

艀《はしけ》から令尹を見あげた展に、令尹は短く「行け」とだけ言った。水手が櫓を漕ぎ、船から離れてゆく。雷が落ちる。あれは、あの船は、穀の乗った船だ。船は燃えあがった。

——ああ、終わりなのだ。

それを見て、展は悟った。沙文は終わるのだ。これが海神の答え。めまいを覚えたが、足を踏みしめてこらえる。従者に退却の太鼓を打ち鳴らさせて、周囲の船に岸に向かうよう指示を出す。必死だった。せめてひとりでも多く助けねばならない。海神が許してくれるのであれば。

落雷が激しくなり、船は燃え、もはや指示も行き届かない。ともかく燃える船を避けて岸に向かうしかなかった。炎から逃れようと船から人が落ちてくる。人の燃える異臭がする。まだ雷は容赦なく降ってくる。雨のように。

——海神よ。

これが思し召しなのか。神の無慈悲な指先が、いともたやすく命を雷光で貫き、燃やしてゆく。

後方で轟音が響いた。ふり返ると、令尹の船に雷が落ちたようだった。

展は海神を呪った。自分が泣き喚《わめ》いていたことに、従者にとめられてはじめて気づく。炎で火傷《やけど》を負い、煙にいぶされながら、生き残った者たちはなんとか岸に辿り着いた。砂に膝をつき、展は海上で燃え盛る船を眺めた。あのなかに令尹もいる。

——海神よ。私はおまえを許さない。

生涯かけて、海神を呪うだろう。

炎を眺めて、展は思った。

焼け焦げて判別も難しい亡骸も多いなか、令尹の姿はきれいなままだった。そのことに、展は別段なんの感慨も抱かなかった。死んでしまっては、亡骸がきれいだろうと汚かろうと、おなじだ。だが、璋や令尹の奥方にとっては、いくらかの救いだったかもしれない。

令尹の奥方、つまり璋の母親から、展は美しい玉璧《ぎょくへき》を贈られた。碧《みどり》の玉に鳥の姿を彫り込んだもので、そうとうな逸品《いっぴん》だった。令尹のものだったという。

「こたびの戦でもしものことがあれば、あなたにお渡しするよう言いつかっておりました」

璋の母親はそう言って、展の手に玉を握らせた。玉は不思議とあたたかく、しかし武骨で、令尹の手を握っているかのようだった。

「どうか、璋を……いいえ、沙文をよろしくお願いします」

喪《うしな》われたものの大きさに胸が貫かれると同時に、手のなかがひどく重くなった。

——令尹、私には、まだこれは重い。

導いてくれる人もなしに、暗闇のなか、展は歩きださねばならなかった。

それから春までのことを、展はほとんど覚えていない。寝る暇もなく朝廷の再建と沙文の復興に日々を費やした。託宣によって突然現れた領主はまだ幼く、判断はなにもかも展がやらねばならなかった。生き残った士大夫のなかで、展が最も高位かつ、もともと令尹の跡継ぎと見られていたからである。

どうせならもっと一人前の大人を領主に選んでくれればいいものを——と思ったが、この幼い領主は福をもたらす子供であった。通常よりはるかに早く緑は芽吹き、大漁がつづいて民は飢えることもなく、天候にも恵まれた。

——海神は気まぐれだ。

そう思わずにはいられなかった。

春になり、そこここに花が咲き乱れるころ、展は璋を娶った。

それに気づいたのは、いつだったろう。展はまだまだ多忙で、自邸に帰る日のほうがすくないころだった。めずらしく帰宅した日、璋はぼんやりと庭の木犀を眺めていた。物憂《ものう》い表情だった。展に気づくと、あわてて駆けよってきた。

「お帰りに気づかず、申し訳ございません」

「いや、それはかまわないが」

展は木犀を見やる。まだ花もついていない木だ。「これがなにか?」

「いえ、べつに」

璋は目を伏せて木犀のほうを見もしない。

「気に入らぬようであれば、切らせようか」

「まさか。そのようなことはおやめください」

驚いた様子で璋は顔をあげる。「気に入らぬわけではありませんから」

「そうか? ほかにべつの木を植えてもいいが——ああ、そうだ。あなたの家には海棠の木があったな」

「よくご存じですね。お見せしたことがございましたかしら」

展は、令尹につれられて、こっそり海棠の下にいる璋を覗き見た、ということは言い出しかねて、言葉を濁す。

「いや、まあ……令尹から聞いた覚えが」

「父に？　そうでしたか」

璋はなつかしげな目をする。

海棠の木を植えるのも、いいかもしれない、と展は思った。

侍女を手配してほしい、と乞われたのは、ちょうどそのころだ。

幼き領主である由の世話をしている媼――実際には若い女だが、巫女王の島では役目柄そう呼ぶらしい――、累が、ひとりではさすがに世話が行き届かぬと困った様子で頼んできたのである。由が幼く判断を仰ぐ必要もないがゆえに、展はある意味、ほったらかしてしまっていた。それだけ復興に奔走していたのもあるが、展は失態を恥じて謝った。すぐさま用意する、と言ったものの、どこもかしこも人手不足である。

「侍女でございますか？　わかりました。明日からでも参りましょう」

璋に相談すると、彼女が快《こころよ》く引き受けてくれたので、展はほっとした。

「それなら、住まいもあちらに移そう。領主の屋敷近くに空き家がいくつもある」

かつては領主の寵臣《ちょうしん》たちが住んでいた区画である。いずれもさきの戦で死に、空き家となっていた。城内は至るところが落雷で焼け落ちていたが、さいわいにも領主の屋敷周辺は無事であった。守備のうえでも住人がいたほうがいい。展は璋とともにさっそく家移りした。

知らずにいたことだが、移り住んださきの庭には、海棠の木があった。立派な木である。まだ花は残っていた。うつむきがちに咲く、薄紅の可憐な花だ。しかしその花の下でふたりゆっくりと憩う暇もなかった。璋は侍女として出仕し、展は令尹としての務めがある。気づけばひと月、ふた月と過ぎ、夏を迎えていた。

そのころには、領内も落ち着いていた。新しい領主が愛らしい幼子で、しかも福をもたらすと評判の高いことが、民心を和やかにさせている。

展は、璋が一時の物憂い様子を見せなくなっていることに気づいた。どうしてかはわからない。侍女の忙しさが、憂《うれ》いを吹き飛ばしているのだろうか。家にいるとき、璋は由のことばかり話す。今日はなにをした、なにを言った、どんなことでむずがり、どんなことで笑うのか……聞くのに飽きるほど。しかし領主の体調や機嫌を知っておくのは令尹の務めでもあろうと、我慢して傾聴した。

その日も璋は、由について話していた。夕餉《ゆうげ》がすんだあとのことである。

「わが君は、なにをするにもまずは累様がいないと気がすまないようで――」

つと、璋は言葉をとめた。展は彼女をふり向く。眠気を覚えて、うつらうつらしていたことに気づかれただろうか。しかし璋は己の手もとを眺め、ぼんやりしていた。

「どうかしたか？」

展は彼女に向き直る。璋はわれに返った様子で、「いえ」と小さく笑みを浮かべた。

「埒《らち》もないことを考えてしまって……」

「どのような？」

璋は口ごもり、当惑気味に視線をさまよわせる。言っていいのかどうか、迷っている顔だった。

「なんだ？　気になることがあるのなら、なんでも言っていい。あなたの言うとおり『埒もない』ことであれば、この場で聞き捨てにしよう」

そう促すと、璋は決意したように顔をあげた。

「わが君は、累様のお子なのではないでしょうか」

璋は声をひそめて、そう言った。展は、つかのま沈黙したあと、「なぜそう思う？」とやはり声をひそめて問うた。

「筋道の立った説明のできることではないのです。ですから、『埒もない』と……。ただ、おふたりを見ていて、そう思っただけです。わが君の懐《なつ》きよう、累様のまなざし、おふるまい……」

それは、展も考えないではなかった。璋のようにふたりを観察していて思ったことではない。たんに、累が由を抱きかかえて沙文にやってきたときから、なんとはなしに想定内にあったことだった。

「それなら――父御は海神だろうか」

展は、ふと考えが口からすべり出た。え、と驚いたように璋が目をみはる。

「海神が……」

「そう考えれば、わが君があれほど福に恵まれたお子なのも納得がいくのだ。累様は巫女王の島で『海神の娘』として暮らしていたのだろうし……そうしたこともあり得るのやもしれぬ」

実際のところ、巫女王について、『海神の娘』について、なにより海神について、外部の者が知っていることはすくない。ただ、島々は海神の支配のもとにある。それは今回の神罰で実感した。

「海神のお子……。そうですね。そうかもしれません」

璋は言ったが、どこか腑《ふ》に落ちていないようでもあった。

数日後、展はめずらしく暇ができたので、ふだん詰めている官衙《かんが》から領主の屋敷へと足を向けた。従者をさきに走らせて訪問の伺いを立てると、累から「是非に」という返答があった。案内役に導かれて回廊を歩いていると、幼児のはしゃぐ声が聞こえてくる。由の声だった。

「わが君、どちらでございますか」

璋の声がする。本気で問うているのではなく、笑みをふくんだ声だ。かくれんぼの最中だろうか。

展は案内をそこで断り、回廊から庭におりた。花と緑のにおいがする。陽光が降りそそぎ、展はまぶしさに目を細めた。

凌霄花《のうぜんかずら》が橙《だいだい》の花を咲かせている。炎のようで、展は顔をうつむける。海上で燃えあがった炎は、まだ展の記憶に生々しかった。

下を向いた展の視界に、ちらりと影がよぎる。そちらを向けば、木のうしろから展を覗いている小さな姿があった。由である。

「わが君――」

声をかけようとした展に、由は「しいっ」と舌足らずな口調で言い、くるりときびすを返した。静かにしていろ、ということだろう。由はとことこと幼児特有の不安定な足どりで木々のあいだを駆けてゆく。展はそのあとを追った。

木立を抜けるとそのさきには池がある。燦々《さんさん》と降りそそぐ陽光に、水面がまぶしく照り輝いていた。池のほとりを走り抜けようとした由は、なにかに気をとられてか、足をとめた。急に体の向きを変え、池を覗き込もうとする。幼児はつぎの行動がまるで予測できず、また彼らは己の体の使いかたをよく理解していない。そのうえ頭が重く、体はまだそれを支えきれないことが多い。由の体は前に傾《かし》いだ。展はあわてて地面を蹴ったが、間に合うものではない。大きな水音が響いた。

「――浅浅！」

女の声が聞こえる。同時に、池のなかから魚が飛びだし、跳ねた。鯰《なまず》のような大魚である。その魚はすばやく池に落ちた由のもとへと泳ぎ来たり、下に沈んだと思うと、由の体が押しあげられた。展はその手をとり、濡れた体を抱えあげる。由は泣くでもなくぽかんと目をみはっていたが、ふいに火がついたように泣きはじめた。

「ああ、驚いてしまったのね」

さきほどとおなじ女の声がして、暴れる由を展の腕から抱きあげる。累だった。とたんに由は泣くのをやめた。展は膝をついたまま、累を見あげる。彼女は展に頭をさげ、「どうもありがとうございました」と礼を言った。

「いや、私はなにも――」

鳥のさえずりが響き渡る。さっと影がよぎり、近くの梢に鳥がとまった。鷦鷯《みそさざい》だ。なにか訴えるように鳴く鷦鷯に、累が首を巡らせ、「あなたもありがとう、浅浅」と呼びかけた。鷦鷯は満足げに鳴き止《な》《や》んだ。

「あの鳥は……」

「あれは海神の使いです。わが君を守ってくれます」

はあ、と言うほかない。展にはよく理解できない方面の話だ。

「おふたりとも、こちらにおいででしたか」

璋が息を切らせて走ってくる。展を見つけて、あら、という顔をした。「あなたもいらしたの」

「璋、わが君から目を離さないように。池に落ちたのだぞ」

「まあ、またですか」

「また？」

璋はさほど驚いた様子も見せず、手巾《しゅきん》で由の濡れた顔や頭を拭く。

「わが君は、水に好かれておいでなのですよ。呼ばれてしまうんです。でも、浅浅が助けてくれたでしょう？」

璋の言葉に、展は梢にとまる鶺鴒を見あげた。

「いつも浅浅が助けてくれるんです。海神がお守りくださいますから、わが君が溺《おぼ》れることはございません」

にっこりと笑う璋に、展は啞然《あぜん》とした。累を見れば、彼女もほほえんでいる。

――そういうものなのか。

展にはわからない。

累が由を着替えさせに行き、展は璋としばし庭を歩いた。

「もっと人を増やしたほうがいいか？　わが君があゝも元気に走り回っては、たいへんだろう」

「そうですねえ……歳の近い男の子の従者をつけられたらいいのですけれど。遊び相手にちょうどよいでしょうから」

「頃合いの者がいないか、あたってみよう」

「お願いします」

璋は足をとめて、かたわらの木を見あげる。木犀だった。

「……この屋敷にはいい思い出がないだろうから、ほんとうによかったのか？　侍女を頼んで。いまさらだが」

思わず言った展に、璋はくすりと笑った。

「ほんとうに、いまさらですね。大丈夫です。それに、悪い思い出ばかりではありませんでしたよ」

璋が懐かしげに目を細め、木犀の葉を手にとる。展は、璋が木犀を眺めて物思いに耽《ふけ》っていたのは、ここを思い出していたのか、と思い至った。

——なぜ……。

そう懐かしむことがあるだろうか。璋の主《あるじ》だった『海神の娘』は彼女を虐げ、あげく出奔した。いまはどこでなにをしているかわからないが、どうせ海神の罰で死んでいるだろう。

展は彼に向けたことのない表情を浮かべる璋から目をそらし、ほかの木を眺めた。

「そういえば、あなたが言っていたことの意味が、さきほど私にもわかった」

「なんです？」

「わが君は、累様のお子なのではないかという……」

展は周囲を確認して、声をひそめた。

「そう思われましたか」

「累様は嘘をつけても、わが君はまだ嘘はつけぬであろう」

展の腕のなかで泣いて暴れた由は、あのとき母を求めていたのだ。累に抱えあげられて、由は安堵《あんど》した様子で泣《な》き止《や》んだ。

「そして、あの鳥……」

「浅浅ですか？」

展は黙って考え込む。巫女王のもとに住む『海神の娘』も皆、ああした使いの鳥を持っているのだろうか。領の者にとっては、使いの鳥は領主に嫁いできた『海神の娘』に付き添っているという認識がある。

――『海神の娘』と、幼い子供……。

そのふたりを考えるとき、思い浮かぶ存在があった。

「なにを考えてらっしゃるの？」

璋が尋ねる。展は、この想像は口にしかねた。もし当たっていたら——。

「あのおふたりの正体をお考えですか」

ぎくりとして、璋を見おろす。璋は苦笑した。

「そのように、すぐ顔に出すようでは、いけませんよ」

まるで令尹に言われているかのようだった。いや、彼はもっと低く太い声音で、厳しい口ぶりで言うだろうが。

「あなたは案外、取《と》り繕《つくろ》うのが下手でらっしゃるから」

「そうか……。令尹に叱られてしまうな」

「いまはあなたが令尹でしょう」

展は苦い思いでかぶりをふる。

「とてもそんな気がしない。私は未熟だ」

「しかたありません。成熟した人は皆死んでしまいました」

そっけないと思えるほどの言いように、展はいっそ清々しい気分になった。

「そうか。そうだな。しかたない」

——ほかに誰もいない。私がやるしかない。

せめて、楽土へと渡った令尹に誇れるだけのことをしなくては。

思いを新たにした展に、璋が言う。

「あのおふたりのことですけれど」

展は璋に目を向ける。

「たぶん、わたしもあなたとおなじことを考えております」

今度は、驚きを顔には出さずにすんだと思う。

ときおり、展は由のもとへ足を運ぶようになった。年頃の近い男児が部下の息子にいたので、その子を由の遊び相手に宛がうと、由の活発さに手を焼き気味だった累と璋は喜んだ。

いまもその子を相手に遊び回っている由を眺め、展は、

――もしかしたら、この子が。

と考えずにはいられない。

――この子が、沙来の君の遺児だったら……。

年頃は合う。沙来の君は亡くなったと聞いたが、その子供が亡くなったとは聞いていない。幼児が戦場にいたはずもない。ならばいま、どこにいるのか。

展は目の前が薄暗くなる。もしほんとうに、この子がそうだったなら。

——海神は、あまりにも皮肉なことをする。

沙文の君は、この子の誕生を知らせる使者を斬った。それが戦を引き起こした。沙文の君が悪かったのは、よくわかっている。だが。

——もし、この子がいなければ。

運命はきっと違っていたはずだ。そう思ってしまう。

沙文の君も——令尹も、死ぬことはなかったはず。

展は額を押さえた。暗く淀《よど》んだ感情が湧きあがりそうになる。とどめなくてはならない。溢《あふ》れさせてはいけない。考えてはいけない。

そう己を律しようとすればするほど、夜、眠れなくなった。

*

璋は、幼い男児がここまで活発なものだとは思っていなかった。

兄や姉にも子供はいるが、男児でも女児でももっとおとなしい。その代わりなのか、言葉は由よりも早い時期にずいぶんたくさんのことをしゃべり、五、六歳のころには利発な口をきいていた。

由は、しゃべるよりも動くことに忙しい。庭で追いかけっこをするのがなにより好きなようだった。よくもまああんなに走れるものだ、と思っていると、急にぴたりと動きをとめ、ぐずりだす。累が抱きよせるか、あるいは食べ物を与えると、満足して眠る。駆けまわるか、食事をとるか、寝ているか。由は常時そんなふうだった。

起きているあいだはつねに全力の由を相手に、璋も累も疲れ果てていたが、遊び相手の男児が来てから、いくらか楽になった。

「令尹にはお礼を申しあげなくては……」

累が言う。「こんなにもすぐに遊び相手を見つけてくださって」

「夫は、その人に合った場所を見つけるのがうまいんです」

わたしがそうであったように、と思う。

璋は最初、本心ではここに戻ってきたくはなかった。嬰のことを思い出してしまうと思ったから。だが、実際に由に相対してみれば、そのわんぱくぶりに物思いに耽る暇もなかった。

由のみなぎる生命力が、璋にまで伝播《でんぱ》している気がする。由の手は小さくやわらかく、だがはち切れんばかりの弾力があり、活力が収まりきっていないのを感じた。その熱は璋も元気にした。

——あの人もそうであったらいいのに。

ときおりやってくる展に、璋は思う。

展はいつも、難しい顔をして由を眺めている。その横顔には苦悩の翳が刻まれていた。

璋が由と累のふたりに疑いを抱いたのは、いつだったろう。もしかしたら、最初からかもしれない。

――このふたりは、母子《おやこ》なのではないか。

まだ子のいない璋がそう感じとった理由は、よくわからない。累が由に向けるまなざし。由に触れる手つき。そんなものは、ずっと世話をしてきた情ゆえかもしれない。展は、累は嘘をつけても、由はまだ嘘をつけない、というようなことを言った。璋が気づいた理由も、そうかもしれない。

ふたりが母と子なら、父親は誰か。それを詮索《せんさく》してもしかたない、と思いながらも、璋の脳裏に思い浮かぶのは、沙来の母子はどうなったのか、ということだった。沙来の君は戦で死んだ。詳細は伝わっていないが、おそらく沙文の君とおなじく、雷に打たれたのではないだろうか。では、その跡継ぎと言われていた男児は。

男児には、跡継ぎの託宣がくだっていた。それならば、海神はその子を殺さぬのではないか。そんな気がした。

沙来の島はひどい有様《ありさま》で、人もたくさん死んだだろうが、生き残ったとしても人が住めるような状態ではなさそうだった。いまだに山火事の煙がくすぶっているのが沙文からも見え、そのにおいがただよってくる。緑はまったく残っているように見えず、地形すら変わっているようだ。沙来があれほどひどく落雷の被害に遭ったのは、なぜなのだろう。領主の行いからいえば、沙文のほうがひどい罰を受けてもおかしくなかったというのに。

——海神にしかわからぬ理由があるのか……。

それとも、ただの気まぐれか。

そう思いたくはない。死んだ父のことを思えば。

展は父のことを考えている。それは璋にもありありとわかった。

彼にとって、父は理想像なのだ。こうありたいと願う対象なのだ。璋を通して、父を見ている。だが、璋では彼に答えを出してやれない。

展が苦い表情で由を見る心情はわかる。父が死ぬに至ったのは、沙文の君が沙来からの使者を斬ったからだ。あれがなければ、父は沙文の君に殉じるように死ぬことはなかっただろう。たとえ戦になっても、生きようとしてくれただろう。あの使者は、沙来の君に男児が生まれたことを告げる使者だった。父が死んだ遠因には、由の存在がある。

由の存在に罪のないことなど、理屈では当然わかっている。しかし理屈では割り切れないところに、展の感情はあるのだろう。それは璋にも計り知れないものだった。

展がこのところ、よく眠れていないようなのも璋は気がかりである。璋がふと夜中に目を覚ますと、展は寝所の窓から庭を見ていることがあった。

「眠れないのですか」

と訊くと、

「いや、ふと目が覚めてしまってな」

展はそう誤魔化《ごまか》すが、寝不足なのは顔を見ていればわかる。眠気を誘う茶や不眠に効くという料理を出しても、あまり効果はないようだった。

その晩は、木耳《きくらげ》と青菜の羹に、白身魚を蒸《む》して甘酢の餡《あん》をかけたものなどで体をあたためて、食後には干した棗《なつめ》や蓮《はす》の実の蜜漬《みつづ》けを出した。いずれも安眠の助けになると医者が言うので、用意したものである。

「すまないな」

蓮の実の蜜漬けをつまみながら、展が言った。

「私が不眠がちなものだから、体にいいものを用意してくれているのだろう？」

わかっていたらしい。

「料理を作っているのは、料理人ですから……わたしは指示を出すだけで」

「いや、ありがとう。気を遣わせてすまない」

令尹がご存命ならお叱りを受けそうだ、と冗談めいて言う。

「こんなことで父は叱りません。むしろ、あなたがそんな状態なのに、なにもしないでいたら、わたしのほうが叱られるでしょう」

「私の状態……」展は手をとめ、璋のほうを見る。「そんなに悪く見えるか?」

「ええ、とても」

璋はうなずいた。そうか、と展は視線をうつむける。

「なにか気がかりなことでもおありですか」

訊いてみるも、展は「うん」と生返事をして庭に目を向けた。

夜の闇のなか、海棠の木が影となっている。

「沙来の民が、二百人ほど移り住んできているのだが」

ぽつりと口にしたのは、璋には予想していなかった話だった。

「知っているか?」

「噂には……すこし」

「そうか。沙来の島があなってしまった以上、生き残った民はこちらに逃げてくるしかない。せっかく生き残ったのなら、こちらとしても助けてやりたい。幸い、豊漁豊作つづきで食糧の問題もない」

「住む場所は……」

「うん、そこだな。新たに住む場所を開墾するには時間がかかる。ひとまず仮住まいの居住区を設けたが、近隣の沙文の民とときおりいざこざが起こる」

元来、戦をくり返してきた間柄である。当然といえば当然か。

「沙来の者たちに帰る場所はないのだし、諍いを起こしてまた神罰を落とされてはかなわぬ。邑長《むらおさ》からそう言い含めてもらって、なんとか抑えているが。頭の痛い問題だ」

「そうでしたか」

展はまた視線を落として、己の手を見つめた。

「それに……」

「それに？」

展は口ごもり、手を握ったり開いたりする。璋は急《せ》かさず、辛抱強く待っていた。

「もし、わが君が……あちらの血を引いているのなら、難しいことになる」

璋は展の顔を眺めた。眉間《みけん》に皺《しわ》がよっている。

「難しいこと、とは？」

「領の統治……わが君がこの領を治めることに、異議を唱える者が出るやもしれぬ」

璋はほのかに笑みを浮かべた。

「それをお決めになるのは、海神です」

「わかっている。わかっているが」

展は苛立たしげに手で額を押さえた。

「誰より異議を唱えたいのは、あなたなのですね」

璋が言うと、展はぴくりと頬を引きつらせ、口を閉じた。唇が震えている。

しばらく沈黙がつづいたあと、展が口を開いた。

「あなたは、私が言いたくないと思っていることばかり、引き出してしまう」

「そうですか？　言いたいこと、の間違いでは？」

展は、すこし笑った。弱々しいが、嫌味のない笑みだった。

「言いたいことほど、言ってはならぬことだ。口にすべきではない——不祥だから」

かつて、璋は不祥の言葉を口にしようとした展をとめた。ならば、いまもとめるべきだろうか。

璋は胸のうちでかぶりをふった。

「それは不祥ではないと思います。ただの愚痴です。だから、言い捨ててしまえばいいのです」

愚痴、と展はくり返す。

「令尹だって、愚痴を言いたくなることくらい、あるでしょう」

「……あなたの父上も、そうだったか？」

「父は、わたしに愚痴を言ったことはありません。ですが、母には言っていたと思います。わたしと母の違いは、そこです」

「そうか」

展は言い、ふっと力が抜けたように笑った。

「そうだな。……いまはまだ、あなたにそんな情けないところを見せる気にはなれないが。私にも見栄《みえ》がある。だが、どうにもままならなくなったときは、そうさせてほしい」

「いつでもどうぞ」

璋はうなずいた。不思議と、展の力の抜けた笑みが、いつまでも胸にあたたかく残った。

＊

璋と話した晩から、展は眠れるようになった。璋の言葉はある種、展にとって安心させてくれる薬のようなところがある。

得難い人だ、と展は思う。

——令尹は、彼女のああした面をわかっていて、私に娶《めあわ》せてくれたのだろうか。

そこまでは考えすぎか。

展はひとりで思い悩む癖《くせ》があるので、それを慮《おもんぱか》り、言葉をかけてくれる璋は、ありがたかった。

鉱山の採掘も再開し、混乱していたときを過ぎた、日常の忙しさが戻りつつあった。金は沙文の大事な財源なので、力を入れていかなくてはならない。

避難してきた沙来の民のなかに腕利きの金穿《かなほり》がいるというので、鉱山で使ってはどうかと報告が入った。金の採掘は、せっかく鉱脈を見つけても、掘り下げてゆくうちに地下水が湧き出てしまったらおしまいだ。水が坑道にあふれてそこはもう使いものにならない。落盤事故だって起こる。戦や落雷で死んだ坑夫も多く、人手不足のなか、経験値のある腕利きの金穿なら喉から手が出るほど欲しい。そういう者がひとりいるだけで、作業の進み具合も違う。

——だが、沙来の民か。

ほかの坑夫たちと軋轢《あつれき》が生じるかもしれない。といって、いつまでも沙来の民を隔離しておくわけにもいかない。働き口だって考えなくては。

朝議で何度も議論した結果、彼らのうちで希望者を鉱山へ送った。坑夫の監督人によく気をつけるよう言いつけていたが、やはり、ひと悶着《もんちゃく》起こった。当然ながら、身内や友人が戦で死んだという坑夫もいる。沙来と沙文、どちらの坑夫にもだ。ふだんは不満を呑み込んでいるが、酔っておたがいたがが外れてしまったらしい。元来、坑夫には腕っ節に自信のある荒っぽい者が多い。そうでなくては務まらないとも言える。

怪我人《けがにん》が出て、採掘はしばし中断となった。頭の痛い問題だ。沙来の坑夫を加えることに反対していた者は「そら見たことか」と威張り、ここぞとばかりに「沙来の民を追い出せ」と要求してくる。よその領へ送ればいいと言うのである。とはいえ他領は「面倒を押しつけられては困る」とそれには難色を示している。沙文と沙来は戦に明け暮れたせいで神罰をくだされたというのが他領の考えであり、その尻拭《しりぬぐ》いをしたくはない。もっと言えば、神罰をくだされた領に助けの手を差し伸べたら、こちらにも禍《わざわい》があるのではないか、と恐れている。皆、自領が大事だ。それは当然だろう。

沙文と沙来、ふたつの領が引き起こしたことは、自分たちで引き受けねばならない。

「沙来の民を追い出すことはできぬ」というのが朝議で決まったことである。追い出してさらに海神の怒りを買ったらどうするのだ、という言葉には、追い出したい側もぶつぶつ言いつつも反論できなかった。彼らを受け入れている現在、海神の神罰はなく、それどころか豊漁豊作に恵まれている。

「わが君のご意向をうかがえたらいいのに……」

ため息まじりにそう洩らした者がいる。

「わが君が幼年であるのも、海神の思し召しであろう」

展は言ったが、内心では、そうであればどんなによかっただろう、と思っていた。

領主の屋敷へと足を運ぶ。聞き慣れた男児たちの声が聞こえてくる。由と、遊び相手の従者である。彼らは庭を駆けまわっていた。それを累と璋がほほえみを浮かべて見守っている。穏やかな光景だった。璋が展に気づき、微笑をこちらに向ける。展は自然と足を速めていた。

「令尹」

累も気づいて礼をとる。展は由のほうに目を向け、「わが君は、お変わりありませんか」と尋ねた。

「はい。本日もお元気でいらっしゃいます」

「そろそろ傅役《もりやく》をつけましょうか。教育係を兼ねた」

「まあ」累は目をみはった。璋も「まだ早いでしょう」と驚いている。

「早いに越したことはない。誰がよいかはこちらで考えておきます」

累は走り転げる由を眺めて、展に顔を戻した。

「よいように、取り計らってください。お願いいたします」

そう頼む累の表情に、決意と不安が入り混じっているのがわかる。展は迷いながらも、口を開いた。

「……避難してきた沙来の民と諍いが起きたことは、もうお聞き及びですか？」

「えっ……、いいえ」累の瞳が揺れた。「なにがあったのですか」

「いえ、酔っ払い同士のケンカのようなもので、たいしたことにはならなかったのですが。鉱山の坑夫として働いている者たちの諍いです」

「そうですか……」累はうつむく。璋が咎《とが》めるような視線を送ってくる。なにを言うつもりかと言いたいのだろう。

「慣れていかねばなりません」展は言った。「彼らはほかに行くところなどないし、我々も、彼らを追い出しはしません。ですから、双方寄り添い合わねば」

累が顔をあげた。けげんそうな表情を浮かべている。そんなことをわたしに言って、どうなるというのか。そういう顔だった。

「あなたとわが君は、沙来の者たちと顔を合わせたことはありますか？」

展はそう尋ねた。累の眉がぴくりと動き、さぐるように視線を璋に向ける。璋の顔はこわばっていた。璋は、展が『かつて沙来の領で、あなたたち母子は民の前に姿を見せたか』と問うたことを理解している。『海神の娘』と領主の跡継ぎとして、沙来の者たちに知られているかどうか。展はそれを知りたかった。はっきりとそう尋ねることは、いくらほかに人がいない場とはいえ、憚られた。

累は、理解したようだった。さっと顔が青ざめる。

「あ、あなたは――」

展は、静かに手をあげた。「落ち着いてください。大丈夫ですから」

累は口を閉じ、璋の顔を見て、つぎに由へと視線を移す。それからまた展へと。せわしなく視線を動かして、かすかにうなずいた。

「海神の思し召しに逆らうような真似《まね》はしません」

展が言うと、累は深く息を吐いた。

「ええ——そうですね。すべては海神の思し召し……」

あきらめたような、かなしげな響きがあった。

累は顔をあげる。そこにはもう不安そうな色はなかった。

「わたしもわが君も、沙来の者たちと会ったことはございません。身近に仕えていた者たちは、皆、死にました」

展はうなずく。それならば、今後ふたりが沙来の民に目撃されても問題はない。懸念のひとつは消えた。

「いま聞いたことを、私は忘れます。璋も。ですから、あなたもお忘れになってください」

——沙来で『海神の娘』であったことを。

璋が累の手をとり、握りしめる。累は深くうなずいた。

展の立場であれば、ふたりの正体を利用することもできた。沙来の者たちにふたりの正体を知らせ、懐柔するのである。自分たちの領主の跡継ぎが沙文の領主になるなら、いくらか彼らの慰めになるのではないか。今後、沙文で生きてゆくのも苦にならぬはず。そう考えもした。

だが、危険すぎる。

それが沙文の民に漏れたら、終わりだ。そんな領主は受け入れられないだろう。それに、沙来の民とて、歓迎するとは限らない。沙来が滅んだというのに、沙文の君に収まろうというのか。沙来を救えず捨てた、跡継ぎと『海神の娘』。そんなふうに捉《とら》える者もいるやもしれぬ。由と累に危害が及ばぬとも限らない。ふたりを危険に晒《さら》すべきではない。秘しておくしかない。

海神の思し召しを、邪魔してはならない。

——令尹なら、きっとそうするだろう。

そう思うとき、胸の奥が冷たく痛んだ。

——令尹が死んだのは沙来との戦のせいであるのに、私は沙来の跡継ぎの身を案じるのか。

恐ろしく冷えた思いが腹の底に横たわっているのを知っている。醜く歪んだ冷ややかな塊《かたまり》。その塊は、破滅を望んでいる。すべてを暴露して、すべて——あらゆるものが海の藻屑《もくず》と消えてしまったら、どんなにいいだろう。そんな暗い思いに囚《とら》われる。

記憶のなかの令尹が、展を叱責《しっせき》する。

——そんなことでどうする。それでも令尹か。

その顔が璋に変わる。

——令尹だって、愚痴を言いたくなることくらい、あるでしょう。

そう言ってくれた、穏やかな顔。思い出すたび、展は胸が和らぐ。冷たい塊に、わずかに陽が射した心持ちになる。

ふっ、と展は笑みがこぼれた。

「どうかなさいましたか」

わずかに表情の緩《ゆる》んだだけの展に、隣にいた青年がめざとく気づく。朝議の最中であった。「いや」と返して展は口もとを引き締める。以前は限られた卿と領主のみで行われていた朝議だが、領主一族や名だたる卿がほぼ死んでしまったいまは身分や年齢を問うてはいられない。しかしあまり数を増やしても意見がまとまらないので、十名ほどの者で合議している。二十歳から三十歳までの若者が多いが、まったくの庶民という者はおらず、皆、士大夫の子息だった。大半の者が親を戦か落雷で喪っている。

そのなかのひとりに、花陀《かだ》で商売を学んだという変わり種がいた。彼がひとつ、提案をした。

「通婚をしてはどうでしょう」

沙来の民と、沙文の民との融和についての策を考えているときだった。

「花陀では隣の花勒の者と婚姻することがままありますし、海商から聞いたところによればよその国でもよくあるそうです」

沙来と沙文のあいだでは、考えられないことだった。そもそも沙来と沙文はよそ者を厭《いと》い、海商もおいそれと招き入れはしない。

「おたがいが承諾するかどうか。それに、どこの家に頼むつもりだ?」

ある者が反駁《はんばく》すると、

「沙文からは、まず私が」

と、当人が手を挙げた。彼はもちろん未婚で、歳のころは二十歳過ぎ。男振りもいい。適任かもしれない。一同、そう思ったのか、顔を見合わせた。

沙来のほうの取りまとめ役に一度申し入れてみよう、ということになった。

「それで、どうなりました?」

璋が話のさきを促す。

「取りまとめ役は四十過ぎの男で、娘がふたりいる。上のほうの娘には決まった相手がいるから無理だが、下の娘ならば嫁に出してもいい、と彼は乗り気になってくれたのだが——」

「沙来のほかの方々は、反対ですか」

ああ、と展はうなずいた。

取りまとめ役の男は夙《しゅく》弓《きゅう》といい、思慮深い、聡明《そうめい》な人物だった。

「むろん、賛成する者たちもいる。だが、強硬派がいてな。それはまあ、こちらもそうだが。全員を納得させるのは難しいだろう」

反対があっても押し切るか、それとも全員を説得できるまで待つか。夙弓はなんとか説得すると言っていたが、表情からして至難であるのはわかった。

「時間をかけて説いてゆくのがいいのでしょうけれど……下のお嬢さんというのは、おいくつ?」

「十六だそうだ」

「適齢期ですね。当人はどうお思いなのかしら」

「さあ。いいともいやだとも聞いていないが」

「それも大事でしょう」

あきれたように璋は言った。

「沙文の家同士ならともかく、場合が場合ですよ。いやがる娘を無理やり嫁がせたのでは、禍根が残りましょう。逆に当人が乗り気であれば、周囲の見方も変わるやもしれません」

「そうか」

婚姻など親同士が勝手に決めるものという認識があったので、展はとうの娘の意思がどうかを顧みていなかった。

「確認してみよう」

そう言って、ふと、展は問いが口をついて出ていた。

「あなたはどうだったんだ?」

「え?」

「私との結婚は、お父上が決めたことだ。実際のところ、どう思って——いや、いい。つまらぬことを訊いてしまった」

展にしてはめずらしく、深く考えず口にしていた。訊いてどうなるものでもない。この結婚は令尹が決めたことで、そこに彼女の意思がないことはわかっている。

璋は面白がるような、一種不思議な笑みを浮かべた。

「あなたとは、梅林ではじめてお会いしたでしょう?」

「うん? ——ああ、そうだったな」

とある屋敷の梅林で、引き合わされたのだ。それ以前に、展は令尹から打診を受けていたわけだが。

「梅のようなかただと思いました」

璋はにっこり笑う。

「梅……?」

どういう意味だろう。だが璋は笑うばかりで解説してくれない。

「……私は、あなたをはじめて見たとき、海棠の花のようだと思ったよ」

いくらか意趣返しのつもりもあって、そう言った。案の定、璋はきょとんとしている。

「海棠？　まあ、なぜ？」

「梅のようだという、その謎解《なぞと》きをさきに聞きたいのだが」

璋は声をあげて笑った。「そんな大げさなものじゃありません。ただ、梅の花みたいに凛として、阿《おもね》ることのない、清々しいかただと思っただけです」

「ずいぶんと高く買われたものだな」と展は苦笑する。そこまで言われると面映ゆい。

だが、璋は微笑を浮かべて、「いまでもそう思っておりますよ」と軽やかに言った。

「あなたはいまでも、わたしのことを海棠の花のようだと思っておいでかしら」

展は璋の顔を見つめているのが照れくさく、庭の海棠に目を移した。

「思っている。——海棠はこの世でいちばん、美しく、気高く、思いやりのある花だ」

花に思いやりの心があるものかしら——といったからかいをすることなく、璋はほほえみ、展とおなじように海棠を眺めた。

数日して、璋から展に、「累様がお会いしたいとおっしゃっております」と申し入れがあった。

「なんのご用で？」と訊くも、「お会いしてからお話しになると仰せです」と言う。

展は務めの合間を縫って、領主の屋敷へと向かった。

累が恭《うやうや》しく展を一室へと迎え入れる。内密の話らしい。

「通婚の話がなかなか進まないと聞いております」

累はそう切りだした。

「ええ、まあ」なにを言うつもりかと、展はあいまいに受け答えをする。

累はつかのま、手もとに視線を落としたが、決意したように顔をあげる。

「沙来の人々と、会わせていただけませんか」

展は驚いて、まじまじと累の顔を見た。

「——あなた様が、お会いに？」

「わたしと、わが君が」

累のまなざしは真剣そのものだ。思いつきで言っているのではないことくらい、わかった。

「なぜ、そのような」

沙来の民と会ったことはないと言っていたが、どこで誰に見られたことがあるかわからない。極力、沙来の人々の前には出ないほうがふたりのためである。

「この領の平和のために通婚をというのであれば、領主が頭をさげるのが筋です。わが君はまだ幼く、そうしたことはわかりはしませんが、それでも、彼らの前に姿を見せるくらいはすべきだと思います」

「お心がけはご立派かと。しかし――」

「令尹、あなたや璋のお心遣いはほんとうにありがたく思っています。でも、わたしは沙来の者たちを救えなかった。わが君も救えなかった。せめて、いま……」

累はうなだれる。彼女がここで言う『わが君』というのは、亡くなった沙来の領主、彼女の夫のことだろう。

「いま、できることをしたいのです」

痛切な声音に、展はしばし思案に暮れる。

「――朝議で、通婚の当事者であるふたりを会わせてみてはどうか、という案が出ております。そのうえで沙来の娘当人が嫁いでもよいというのであれば、いくらか周囲を説得する材料にもなろうと」

実際、それを提案したのは展だったが。

「それで、その結婚相手……慶成《けいせい》という男ですが、彼を沙来の者たちが住む集落へ一度つれていこうかと思っております。累様、それにわが君とともにご同行なさいますか。むろん、公にはしない、秘密裏の訪問です」

はっと、累が目をみはる。「ええ、ええ、ぜひに」と身を乗りだした。

展はうなずいた。

「では、そのように取り計らいましょう。私どももじゅうぶんに警戒して、万が一のことがないよう、護衛をつけます」

「ありがとうございます。ですが、ご心配なく。もしものときには、わが君のためにこの身を捨てる覚悟はできております」

累は目を潤《うる》ませる。瞳はひどく澄んでいた。


避難してきた沙来の民が住む集落は、海沿いにあった。すぐうしろに山が迫る狭い土地で、それゆえいままで沙文で住む者がいなかった。間に合わせの小屋ばかりが建つそこへ、展は慶成とともに訪れた。護衛をぞろぞろつれては沙来の者たちに反感を抱かせるかと思い、手練《てだ》れの者をふたりだけ伴っている。馬車には累と由、それから彼女たちの護衛を残しており、ときを見計らって出てきてもらうつもりである。

展たちを、夙弓をはじめとした沙来の者たちが出迎える。夙弓は穏やかな笑みを浮かべているが、ほかの者たちはぎこちない表情をしていた。展は慶成を紹介する。慶成は花陀で商売を学んだだけあって、人当たりがよく、かといって軽薄でもなく、真面目さが感じられる人柄《ひとがら》をしている。柔和な容姿もあいまって、ひとまず印象は悪くないようだった。

夙弓が背後をふり返る。彼の妻だろうか、ひとりの婦人が若い娘の手をとり、近づいてきた。娘は小柄《こがら》で可憐な面差しだが、夙弓とよく似た利発そうな目をしている。彼女が夙弓の下の娘なのだろう。

「央《おう》といいます」

夙弓が言った。央は物怖《ものお》じすることなく慶成の顔をじっと見つめている。芯の強そうな娘だ。慶成のほうがすこし顔を赤らめ、目をそらした。夙弓が表情を和らげる。

「気の強い娘ではありますが、料理も裁縫もひととおりできますし、体も丈夫です」

夙弓の言葉に、周囲から「夙さん、本気で嫁にやるつもりかい」といった声があがる。

「どんな扱いを受けるかわかったもんじゃないよ」

「俺の息子はこないだの戦で沙文のやつらに殺されたんだ」

「うちの息子もだ」

不安と怨嗟《えんさ》の声が混じり合い、不穏な気配に包まれる。夙弓は黙って周囲を見まわしたあと、展と慶成のほうをうかがう。沙文側がこの場をどう切り抜けるか、試されているような気がした。

「――私は早くに父母を亡くしまして、花陀の親類のもとで育ちました」

慶成が口を開く。

「花陀に残る道もございましたが、沙文に戻ったのは、花陀で学んだことが領の役に立つやもしれぬと思ったからです。いま私が役に立っているかどうかはわかりませんが――」

慶成は夙央に顔を向けた。

「あなたのためになることをしたいと思っています」

夙央は虚を衝《つ》かれたように目をしばたたいた。「わたしの？　わたしがあなたのために、じゃなくて？」

容姿には大人びたところがあるが、声は年相応の幼さがあった。彼女はまだ十六の少女なのだ。

「あなたが沙文でやりたいことがあるなら、私は協力しましょう」

慶成は丁重な口調で言った。夙央はピンとこない様子で、不思議そうに慶成を眺めている。夙弓もなんと口を挟んでいいかわからない顔をしていた。

おそらく慶成なりに夙央を尊重した言葉なのだろうが、いま言うならもうすこし甘やかさのある言葉のほうがよかったのでは、と展はいささかはらはらする。展も自身が女心を解しているとは思っていないが、おそらく慶成よりましだろう。

周囲の人々の表情はどことなく白《しら》けて、慶成をうさんくさい者を見る目になっている。

「やっぱり嫁入りはやめたほうがいいんじゃないか」という声が聞こえて、いかんな、と展は危惧した。

展が口を開きかけたとき、人々がはっと彼のうしろに目を奪われたのがわかった。展はふり向く。由を抱きかかえた累が、やってくるところだった。累様、と思わず言いかけ、呑み込む。『累』という名を知っている者がいるかもしれない。

「――わが君」

そう言って、展はひざまずいた。慶成もそれにならう。

人々は圧倒されたように目をみはり、口をぽかんと開けて累を眺めていた。藍の衣をまとう累は美しく、凜々しかった。

「夙弓どの。こちらが沙文の君です」

展は夙弓に告げた。夙弓は惚《ほう》けた顔で累と由を凝視している。その表情に驚愕《きょうがく》と動揺があるのを展は読みとった。

――まさか、知っているのか？

累の顔を。沙来の『海神の娘』であったことを。

どう対処したものか、展の脳裏をすばやくいくつかの案が駆け巡ったが、彼がなにか言う前に、夙弓はさっと表情を改めて、その場に膝をついて頭を垂れた。そこにもう驚愕と動揺は見られない。ただ沙文の領主に対する敬意だけがあった。

「このような場にお越しいただくとは思いもよらず、驚きました。お見苦しいところをお見せしてしまい、申し訳ございません」

周囲の者たちも、つられたようにぱらぱらとひざまずきはじめる。

「いいえ、お気遣《きづか》いなく。令尹に無理を言って押しかけたのは、こちらのほうですから」

累は答えた。「わたしは幼いわが君を養育する役目を言いつかった、巫女王の使いの者でございます」

では『海神の娘』——というささやきが、あちこちから聞こえる。周囲の値踏みするような視線をものともせず、累はほのかな笑みをたたえた表情を崩さなかった。細くかよわそうな見かけにもかかわらず、いまの累の佇まいは威厳《いげん》に満ち、見る者を圧倒する雰囲気がある。人々は誰からともなく口を閉じ、面を伏せた。

累は由を抱え直し、その顔を眺める。由はなにも状況を理解していない様子で、ただぽかんと累を見あげていた。累は人々のほうへと顔を向ける。

「ごらんのとおり、わが君はまだ幼く、領主たる役目を果たせません。ですが、海神に愛され、祝福されたお子でございます」

鳥のさえずりが響き渡る。鶺鴒だ。それに呼応したようにほかの鳥たちの鳴き声が聞こえ、まわりの木々へと集まってくる。小鳥が数羽、飛んできて、由の肩に、頭にとまった。青や緑の美しい鳥たちだった。由がうれしそうに笑い声をあげる。鳥たちも歌うようにさえずる。人々はそれを息をするのも忘れて見入っていた。

——海神の祝福。

それは沙来の人々も知るところだった。新たな沙文の領主は海神に愛されている。

「どうか皆様、この幼き領主をともに助けてくださいませんか。沙文は沙来とともに新たな領になるのです。わが君のようにまだ幼い。一歩ずつ、新たな領を作っていってくださいませんか」

大仰に声を張りあげるでもない累の静かな声音は、土にしみ込む水のように人々の胸に浸透したようだった。

——たしかに、そうだ。

と、展は思う。沙文の民である展からすると領の再建のように捉えているが、実際のところは一からのやり直しだ。新たな領を作るのだ。沙来と沙文の通婚は、その第一歩である。

それが沙来の人々にも伝わったらしい。明らかに顔つきが変わった。

領主の幼さは、領の象徴のようだった。

——幼い領主ゆえ……。

ともに歩んでゆく。彼が成長してゆくように、一歩ずつ。

陽光に照らされて、由の丸い頰が輝いている。神々しい眺めだった。展の目には、なぜかそこに令尹の顔が重なり、次いでそれは璋の顔へと変わった。

失われたもの。いまあるもの。すべてがそこにある。

通婚は成立した。春、夙央は慶成のもとへ嫁いだ。いっぽうで沙文のほうからも沙来の民のもとへ嫁ぐ者が決まり、以後、たがいにそれはくり返されることになる。

庭の海棠が満開になっているさまを眺め、展は酒杯を傾けていた。夙央と慶成の婚儀が無事すんだ祝杯である。隣に璋も座っている。

「良鴇家の庭に、見事な海棠があったろう。その花の下にいるあなたを見たことがある」

「まあ、いつのことですか」

「梅林で引き合わされるより、ずっと前のことだ。あなたのお父上は、自慢の娘を私にこっそりお披露目したかったのだろう」

「まったく存じあげませんでした。そんなことがあったなんて……」

「あのころからあなたはすこしも変わらない」

「まさか」苦笑して、璋は目を伏せる。表情に翳ができる。「変わらないことはないでしょう。歳もとりましたし」

「いや……。芯にある輝きのようなものが、いまだすこしも曇ることがない。私にはそう見える」

――その輝きの、なんと強く美しいことか。

しなやかなやさしさと強さ。それが璋にはあるのだろう。展は――おそらく、憧憬を抱いていたのだ。あのとき、海棠の花の下にいる璋を見たときから。

――令尹は、いまの私を見て、すこしは安心してくださっているだろうか。

「あなた、酔ってらっしゃるわ」

璋が朗《ほが》らかに笑う。風が吹いて、海棠の花弁が彼女のほほえみを彩《いろど》った。

鈍《にび》色《いろ》に輝く

慶成の腕には、鱗《うろこ》のような文様の文身が入っている。

上腕部から手の甲にかけて丁寧に入れられたその文身は、月光を浴びると鈍色に輝いた。汗がにじむと皮膚がきらきらとして、鱗文様もいっそう輝く。

なんと美しいのだろう、と寝所ではじめて彼の文身を目にしたとき、夙央はそればかりじっと見ていた。

嫁いできた晩のことである。

「文身など、めずらしくもないでしょう」

慶成が不思議そうに言ったが、夙央は己の手の甲を撫で、

「美しいものは、めずらしいので」

と答えた。相手を『美しい』と褒《ほ》め称《たた》えたことに落ち着かなくなり、急いで言葉を付け足した。

「わたしの叔母が……父の妹が、文身を入れる針師で。美しい色を出すのは、難しいのだ

と、そう」

話す途中で慶成に手をつかまれたので、夙央はびくりとして言葉をとめる。

慶成は夙央の手の甲をしげしげと眺めていた。

「これは、牙の文様ですか？　変わった形だ」

夙央は、思わず手をふりほどいて引っ込めた。己の体を抱きしめ、腕の下に手を挟む。

まじまじと見られたくなかった。

慶成はじっと夙央の顔を見つめた。満月の夜で、窓から寝所に皓々《こうこう》と明かりがさしこみ、燭台《しょくだい》の火がなくとも明るい。

「触れられるのは、いやですか？」

「いいえ」夙央はかぶりをふった。「文身を見られたくないんです」

なぜ、とも訊かず、慶成は手を伸ばし、今度は夙央の手ではなく頬に触れた。やさしい手つきだった。

「あなたとの婚姻は、沙来と沙文にとって、必要なことでした」

慶成が丁寧な口調で言う。なにを考えているかわからないところのある男だったが、夙央に対する態度は昼でも夜でもいたって丁重だった。

「いろいろと思うところもあるでしょう。納得がいってないかもしれません。私はできるかぎり、あなたの望むようにしたいと思っています」

似たようなことを、はじめて会ったときも言っていた。

『あなたのためになることをしたいと思っています』

それがどういうことなのか、夙央にはまだよくわかっていない。ここでの実際の生活は、明日からはじまる。

「この屋敷の使用人は、花陀にいたころから私に仕えてくれていた者が多い。つまり花陀の者です。それ以外は沙文の者です。沙来の者にいてほしければ、雇いましょう」

すこし考え、夙央は「それはけっこうです」と言った。

「沙文の家へ嫁いできたのですから、ここのやりかたに従います」

慶成は、しばらく夙央の顔を眺めていた。

「私はあなたと知り合って間もないので、あなたがどういう気性の人か、よくわかりません。不都合があれば、いつでも言ってください」

わたしもあなたがわからない——と、夙央は言いたかった。

居丈高《いたけだか》にふるまわれるほうが、まだわかりやすい。慶成は沙文の民だが、花陀で育ったという。商売を学んだという。声を荒らげることもなく、物腰はやわらかく、穏やかだが、にこやかではなく、表情は読みにくい。

どこか薄気味悪い男。夙央はそう感じて、警戒心が消えなかった。

彼に嫁いできてよかったのか。そう思ったところでもう遅い。そして断る道などなかった。夙央に求婚する沙来の男はいなかったし、独り身《ひとりみ》を通せるほど稼ぐあてもない。

ここでなんとかやっていくしかない。

夙央はこの夜、改めて決意を固めた。

夙央の手の甲には、魚の牙を模《も》した三角を連ねた文様が入っているが、途中で途切れている。あまりの痛さに耐えきれず、逃げだしたからだ。

文身は肌を針で突き、そこに鍋墨をすり込む。痛くないわけがない。気をそらすためにものを噛んだり、食べたりする。周囲でやかましく音を鳴らす。ときにはすのこに縛りつけて行うことだってある。

夙央が文身を入れたのは、十二歳のときだった。ほかの女子も、だいたいこれくらいの年齢で文身を施す。痛くて逃げる子はほかにもいる、と大人たちに慰められたが、そのころ、彼女以外で逃げだして文身が途中で終わった子は、ひとりもいなかった。恥であった。

夙央が沙文の男との結婚を打診されたとき、受け入れたのは、それもあったかもしれない。ちゃんと文身を入れられていない女は、結婚相手として敬遠される。求婚者が引きも切らなかった姉と違い、夙央は相手にされなかった。

針師になろうかな——と、叔母に言ったことがある。叔母は早くに夫と死に別れ、以後は独り身で針師として稼いでいた。針師には寡婦が多い。家で行えるし、腕のいい針師はよく稼げるからだ。叔母はその腕でひとり息子を立派に育てている。

『あんた、不器用じゃないの。無理だね』

叔母は、けんもほろろに言った。それから表情を和らげ、『文身、刺し直したら?』とすすめた。夙央は拒否した。またあの針で突き刺されることを想像しただけで、身がすくむのだ。

——わたしは弱虫だ。

よく気が強いと言われるが、実際は逆だと思っている。弱いのだ。文身ひとつまともに入れられない。

そんな自分が沙文の家に嫁いでうまくやっていけるのかどうか、心許《こころもと》ない。だが、ほかに行く場所もない。ここで踏ん張らねばならないのだ。

翌朝、目が覚めると慶成はすでに寝所におらず、勤めに向かったという。夙央のために水を運んできた侍女が教えてくれた。

侍女は甯《ねい》といい、花陀出身の三十五、六の女だった。慶成の従者をしている男と夫婦なのだという。彼女の夫もやはり花陀の出だった。

甯はあっけらかんとした気のいい女で、なんでもあけすけに言うので、こちらも気負わずになんでも訊けて助かった。歳の近い侍女でなくてよかったのかもしれない。叔母と話している感覚に近かった。

「坊《ぼ》っちゃんは、花陀で苦労なさったから、よその土地で暮らすはめになった人にやさしいんですよ」

甯は慶成のことを『坊っちゃん』と呼んだ。外ではさすがに『旦那様《だんな》』と呼ぶように気をつけているというが、昔そう呼んでいた癖が抜けないそうだ。

「ご両親が亡くなって、花陀のご親戚《しんせき》に引き取られたとは聞いているけれど……」

「そうそう。花陀に母方の伯父さんがいて、これがあたしも勤めていたお屋敷のご主人でした。ごうつくばりでね。まあ根っから悪い人じゃあなかったけど、けちなもんだから、坊っちゃんはかわいそうでしたよ」

甯は食事の用意をしながら、顔をしかめて昔を語った。

「ご飯は量が足りないし、着るものだってろくに新調してもらえないから破れを繕《つくろ》って、継ぎを当てて。お金はあったんですよ。裕福な海商でしたから。子供がいなかったから、坊っちゃんを跡継ぎに据えて、一から商いを仕込んでね」

青菜と白身魚の羹に、くこの実を入れた粥《かゆ》、山菜の塩漬けがどんどんと卓に並べられてゆく。甯のおしゃべりはやまない。

「教えかたは厳しいもんでしたよ。なにかしくじったらご飯抜きでしたからね。まああたしらがこっそりあげてましたけど。――ああ、どうぞ、召しあがってください」

甯は匙《さじ》をとって夙央に渡した。夙央は匙で粥をすくって口に入れる。火傷しないように、ぬるかった。

「それが、あのご主人、あるとき海に出たっきり、帰ってこなくて。嵐に遭ったみたいで、船の破片だけ打ちあげられましたよ。それで坊っちゃんが跡を継ぐもんだと思っていたら、奥様がねえ。ご主人の奥様ですけど、これが坊っちゃんには継がせない、自分の弟に継がせるなんて言い出すもんだから、ややこしくなっちゃって。坊っちゃんは、あきれたんだかうんざりしたんだか、跡目のことは奥様に譲って、沙文に戻ってきたんですよ。欲がないって言うのかしらねえ」

夙央は甯のおしゃべりを聞きながら、黙々と粥をすする。半ばほど食べ進めたところで、妙なものを匙ですくった。もぞもぞと動いている。白くて細長い、小さな芋虫だった。思わず声をあげて匙を放りだす。

「どうしました⁉」

甯が目を丸くして、粥と夙央を見比べる。おろおろと手を宙にさまよわせていた。

「粥に――虫が」

芋虫は卓上でうごめいている。小さな虫だ。そう騒ぐことでもなかった、と夙央は恥じる。

甯は虫を見て眉をよせると、それをすばやく手巾でつまみあげ、部屋を足早に出ていった。

厨のほうで声がする。

「ちょっと、これはなに！」

厳しく詰問する甯の声だ。対する声も女のようだったが、ぼそぼそとしてよく聞こえない。夙央は席を立ち、厨に向かった。

「こんな虫が、うっかり入るわけないでしょう。あんた、わざと入れたわね」

眉を吊りあげている甯の向かいにいるのは、椅子に腰をおろしたふくよかな女だった。五十くらいの歳だろうか。彼女が料理人らしい。茹《ゆ》でた蕗《ふき》の皮を手早くきれいに剝《む》きながら、おっくうそうに甯を見あげている。

「知らないったら。どっかから入ったんでしょうよ。虫の一匹や二匹、入るときゃ入るよ。深窓のご令嬢でもあるまいし、虫くらいで文句を言わないでほしいね」

「あんたねえ……！　旦那様に言って、首にしてもらうよ！」

夙央の見た虫は、まだ元気に動いていた。鍋で煮られたのではなく、器に盛ったあと、入った――あるいは入れられたものだろう。いずれにしても。

「甯、もういいわ」

声をかけると、ふたりしてびっくりした様子でふり向いた。

「虫くらい、わたしならかまわないから。――一匹ならね」

ちら、と料理人のほうを見る。彼女はぎくりとして、目をそらした。

「二匹目がいないといいのだけど。あなた、どう思う？」

料理人は落ち着きなくきょろきょろしながら、「い……いないと思いますよ、ええ」と答えた。

「それならよかった」

虫はさきほどの一匹だけのようだ。夙央はきびすを返し、部屋に戻る。食事を再開した。

沙来から避難して、沙文での生活が落ち着くまで、食べるものには苦労した。あのときのことを思えば、虫一匹くらい、どうということもない。さきほどは思いがけないことだったので、驚いてしまっただけだ。

食事をつづけている夙央に、戻ってきた甯が気遣わしげに問いかける。

「無理しなくってもいいんですよ、奥様。虫が入っていたものなんて、いやでしょう」

「べつに平気。食べられるのに、もったいないわ」

そう返して粥を平らげると、甯はあきれと感心が半々になったような顔をしていた。

「あの料理人は、沙文の人なのね」

「ええ、そうです。すぐに解雇して――」

「必要ないわ。わたしは沙文の家に嫁いだのだから」

——これくらいでへこたれていては、きっとここでの暮らしはつづかない。このさきいくらでも、これに似たことは起こるだろう。対応できるようになっておかねばならない。

「たくましいですねえ」

甯は今度こそすっかり感心した顔になり、何度もうなずいた。

＊

慶成の屋敷は、城内でも官衙に近い界隈《かいわい》にある。大きな屋敷である。もともと、名門である慶家の屋敷だった。慶成の父親が戦で死に、母もあとを追うように病《やまい》で死ぬと、慶成は花陀の伯父に引き取られることになり、家屋敷も人手に渡った。

花陀では海商の伯父から船運での交易について教わったが、すんなり跡を継げるとは思っていなかった。伯母が当初から難色を示していたからである。だから、伯父が海難に遭い、跡継ぎを決める段になって伯母が自身の弟を後継者にと言い出して揉《も》めたときには、やはりと思った。海商に固執していたわけでもないので、慶成はあっさり身を引き、沙文に戻った。故郷にもう一度戻りたいという思いもあった。

いくらか財産はわけてもらったので、それで商売でもはじめるつもりだった。その矢先に沙来との戦が起きて、あの豪雨のごとき落雷である。城内もひどいありさまだった。慶家の屋敷は幸い残っていたが、当時の家主は戦に出て死んでいた。慶成は屋敷を買って、住むことにした。しばらくして慶家と交流のあった鴟牙家の展が訪ねてきて、慶成は朝廷の一員となったのだった。朝廷の卿さえ戦と落雷でほとんどが命を落としたなか、名門の生き残りは貴重だったのだろう。

慶成は最初から沙来の避難民に同情的だった。戦で父を喪ったとはいえ、幼少期だったので父のことはよく覚えてもいないうえ、花陀で育ったゆえに、沙来への敵愾心《てきがいしん》が根付いていない。そして、故郷に戻れず流浪の民となった彼らに、どこか己と似通ったものを感じていた。

慶成は、己が沙文の民とは思えず、かといって花陀の民とも思えない。沙文が故郷だと思っていた。だが、帰ってきてみると、肌になじまない。どこか異郷の民のような気がする。安らぎは覚えず、なつかしさもない。

花陀で入れてもらった文身は、慶一族に代々受け継がれてきた文様だ。それだけが、己に連綿とつながる系譜のよすがだった。

根無し草のような気分が消えない。あるいは、海にゆらゆらとあてどなくさまよう海月《くらげ》のような。

「粥に虫が？」

帰宅した慶成は、侍女の甯から報告を受けて、眉をひそめた。料理人が、おそらく故意に夙央の粥に虫を入れたという。いやがらせだ。

――くだらぬことをする。

嘆息した。慶成は、この、沙文だの沙来だのという角突き合いが理解できない。そもそもが意味のない争いだったではないか。金の質がいいの、金がよく採れたの、という。民の命をかけるほどのことか。領主が悪い。領主をとめられぬ臣下も悪い。結果、神罰が落ちた。あれだけの惨状を目の当たりにして、それでもなお、いがみ合わずにいられない人々が、理解できなかった。

慶成が両者の諍いを理解できないのは、根無し草だからだ。根を定められないからだ。

苛立った。

「新しい料理人を雇おう。沙来の民から選んで」

そう言うと、甯は「奥様はそれをお望みではありませんよ」と答えた。

「遠慮してるんだろう」

「そんな人じゃないでしょう。言うべきことは言う人ですよ。知らないんですか」

慶成は黙る。言うべきことは言う――そういう娘であることは、なんとなくわかる。はじめて会ったときも、まっすぐ慶成を見てきた。慶成のほうが気まずくなって、目をそらすほど。

「奥様は、自分にとって都合のいい使用人を宛がってもらって、『ああよかった』と喜ぶ人じゃありませんよ。自分で具合のいい居場所に変えようと努力なさる人ですよ。あたしは奥様のそういうところ、尊重したいと思ってます。坊っちゃんが沙文へ行くと決めたときだって、あたしも夫も反対したりしなかったでしょう?　おなじことです」

甯はとうとうとしゃべる。彼女はよく舌が回る。慶成も弁が立つほうだと思っているが、それはいくらか、ずっとそばにいてくれた甯のおかげかもしれない。すなわち、彼女には敵《かな》わない。

「……わかった。甯のいいようにしてくれ」

「違います。奥様のいいように、ですよ」

「わかった、わかった。なんでもいい」

甯はまだぶつくさなにか言っていたが、部屋から追い出した。甯の用意してくれた枇杷《びわ》をかじり、ちょっと笑った。

「粥に虫が入っていたと聞きましたが、大事ありませんか」

寝所に入って夙央に尋ねると、彼女はじっと慶成の顔を見つめた。顔になにかついていただろうか、さっきの枇杷のかけらでも――と内心あわてるが、夙央はすっと視線をそらした。

「なんともありません。大丈夫です。それより、その丁寧なしゃべりかたは、もうやめてもらえませんか」

「はあ……しかし」

「居心地が悪いんです。なんだか悪だくみがあってやさしくしてる人みたいで」

思いもよらぬことを言われて、慶成は面食らった。なんと言っていいかわからずぽかんとしていると、夙央は、はっとした様子で居ずまいを正した。

「あ……、ごめんなさい、あの、本気でそう見えるというわけじゃなくて、なんとなく、あなたの考えていることがよくわからなくて、気味が悪いというか――」

「気味が悪い、ですか」

さらに失言を重ねたと悟り、夙央は顔をしかめた。それがいかにもあどけない少女の素の顔に見えて、慶成は思わず微笑した。

――ああ、なるほど。素の顔がうかがえると親しみがわく。

夙央は、慶成が丁寧にしゃべるほどに、『素』がわからず戸惑うということなのだろう。

「あなたの言うことが、なんとなくわかりましたよ。――じゃあ、私も遠慮せずくだけた調子でしゃべるから、あなたもそうしてほしい」

「わたしも?」

「私だけ素を見せて、あなたは取り繕った顔を見せているというのは、公平ではないと思う」

「取り繕っているわけでは……」

夙央は困惑しているようだったが、慶成が本気で言っていると知ると、

「わかったわ」

と、ため息まじりに承知した。

「料理人は替えなくてほんとうにいいのか？」

さっそく率直に訊くと、「ええ」と夙央はうなずく。

「ここは城内で、まわりは沙文の人ばかりだもの。これからきっと、似たようなことはいくらでもあるのだから、いちいち逃げていたんじゃやっていけないわ。対処のしかたを身につけたいの」

「それは勇ましい心がけだが――」慶成は一抹の不安を覚える。「危ないことだってある。気持ちだって傷つくだろう。無理はしないように」

夙央は挑むように慶成の顔を見すえた。

「平気よ。覚悟を決めてここに来たんだもの」

うまい言葉が出てこない。なんと言えばいいものか。慶成は戸惑う。

――こういう人のほうが、危うい。

そう思う。勝ち気そうに見えて、その実、折れやすい。弱気に見える者ほど、内面は打たれ強かったりするものだ。いま、夙央は懸命に胸を張り、平気だと自分に言い聞かせているように思えてならなかった。

だが、そんなふうに言ったところで、夙央は認めないだろう。

——腕の立つ従者を雇うか……。

ひとまずそう思い、「無理はしないでくれ」と再度言うにとどめた。夙央は、どこか不服そうな顔をしていた。

*

夙央は、まずまず、慶成の屋敷になじみはじめた。

あれから食事に虫が入っていることは一度もなく、ほかの使用人たちも、打ち解けるというほどではなくとも、口はきいてくれる。順調だろう。

嫁いでから半月ほどがたち、夙央も肩肘《かたひじ》張っていたのが、いくらか気を楽にできるようになってきた。

従弟《いとこ》の庚《こう》が訪ねてきたのは、そんなころである。

庚は針師である叔母の息子だ。今年で八歳になるはずだ。わんぱくなうえ、口達者な少年だった。

庚をつれてきたのは、沙来の集落に住む顔見知りの男だった。

「市に買い物に来たんだが、こいつがおまえんとこに行きたいってうるさいからさ、つれてきたんだよ」

そう言うと、男は庚を夙央に預けて去っていった。また帰りに寄るという。

「叔母さんにはちゃんと言ってきたの？」

「言ってきたよ。いま、仕事中なんだよ。よそで遊んでたほうが母ちゃんも楽だろ。俺って孝行息子だからさ」

こまっしゃくれた少年である。

「遊ぶと言ったって、ここには遊び相手もいないわよ。なにをするつもり？」

「市を見たい。つれてってよ」

それならさっきのおじさんについていけばよかったのに――と思ったが、彼は彼で買い物があるのだから、庚の子守りはしていられないか。

――まあ、忙しくもないのだし。

「わかったわ。迷子になるとたいへんだから、わたしから離れないでね」

庚は飛びあがって喜んだ。子供はひとりで市には行けないし、大人でさえ沙来の民とわかると露骨にいやな顔をされる。高い値段をふっかけられもするし、ひどい場合は売ってもらえない。市の役人に知られると罰せられるが、そうなるとつぎからさらに面倒なことになるので、訴える者もあまりいないのが現状だ。

夙央は自身が市に行くことはない。必要なものは使用人たちが買ってくる。だが、市に並ぶ品々を見て歩きたいと思わないでもなかったので、庚の付き添いと言いつつ、実際のところ夙央も楽しみだった。

甯と新しく雇った護衛の従者をお供に、夙央は庚と市に出かけた。

市は城内のやや北東寄り、中央付近にある。市壁や建ち並ぶ店舗は落雷でずいぶん損壊したそうだが、いまはほとんどのところが修復されていた。店や露店が狭い区画にぎゅうぎゅうに詰め込まれ、商品を積んだ荷車が行き交い、買い物客はごった返している。あたりは活気に溢れていた。

「だいたい、おなじ品を扱う店は一ヵ所に固まってます。なにをご覧になりたいんですか？」

甯が訊いてくる。夙央は庚に「欲しいものはあるの？」と尋ねた。

「枇杷」と庚は即答した。

食べ盛りだものね、と思っていると、「母ちゃんが食べたいって言ってた」と言う。

「ああ……そういえば、叔母さんの好物だったわね」

沙来の民が住む集落には、枇杷の生《な》る木がない。食べたいなら市か行商人から買うしかなかった。

「じゃあ、青果を扱う界隈に行きましょうか」

甯がにこにこして庚に目線を合わせる。庚はどこか緊張した面持ちで、夙央の衣にしがみつきながら、黙ってうなずいた。集落内では人見知りする子ではないのだが、外となるとやはり勝手が違うらしい。夙央は庚の背中を撫でてやり、はぐれぬよう、その手を握って歩きだした。

青果を売る店のあたりは、ほかのところよりもいっそうにぎわっていた。装飾品などと違い、日々必ずいるものだから、当然かもしれない。売り買いする人々の喧噪《けんそう》を聞きながら、人混《ひとご》みを縫うようにして進む。甯が「うちがいつも果物を買ってる店ですよ」と一軒の店の前で立ち止まった。

「ふだんは下働きの者が買いに来ますが、ときどきあたしが来ることもあります。――親《おや》父《じ》さん、枇杷はある？」

甯は店頭にいた男に声をかける。男は愛想《あいそう》よく笑った。

「こりゃ、慶さんとこの。毎度どうも。枇杷なら、ちょうど食べごろのがあるよ」

小振りな籠《かご》においしそうな枇杷をたくさん入れてもらい、甯が代金を払う。

「俺――」庚が夙央の衣をくいくいと引っ張るが、「わたしから叔母さんへ、贈り物だって言っておいて」と告げた。庚はもじもじしている。こういうところはかわいらしい。

「ほかにも、なにか見たいものはある？」

と訊くも、庚は「ううん」と首をふった。

「お腹《なか》、空《す》いてるんじゃない？　粽《ちまき》でも買ってあげましょうか？」

「いらない。俺、そういうつもりで姉ちゃんとこに来たんじゃないんだ」

庚は、不機嫌そうに言って顔を背ける。背けた顔がいまにも泣きだしそうに歪んでいたので、夙央は困った。気に障ることを言ってしまったらしい。

「奥様、出世払いにしといたらどうです？」

甯が言う。「大人になって、仕事でお金をもらうようになったら、返してもらうんですよ」

「そんなことしなくたって……」

枇杷や粽を買ってやるくらい、この小さな従弟にしてあげたい。そう思うのだが、甯はしきりに目配せしてくる。思うところがあるのだろうと、「じゃあ、そうしましょうか」と受け入れた。

「坊や、大人になったら、お姉ちゃんに返すんだよ。忘れずにね」

庚は、夙央には思いがけず、こっくりと深くうなずいた。神妙な面持ちで、「覚えとく」と答える。

そういうものか、と夙央は不思議に思いながらも、甯に心のうちで感謝した。

粽と饅頭《まんじゅう》を買うと、人混みで疲れただろうし屋敷に帰ってゆっくり食べよう、ということになり、市を離れようとした。その途中、見知った人を見つけ、夙央も庚も「竈《そう》じいちゃん！」と声をあげた。沙来の老爺《ろうや》である。痩《や》せ細《ほそ》り、腰も曲がっているが、野菜を育てるのがうまい。店に売りにきたのか、山菜や青菜を入れた籠を背負っている。だが、竈老人は店の前でしきりに頭をさげ、対する店の者らしき男は冷ややかにそっぽを向いていた。

「だから、いま言った値段なら買い取ってやってもいいけど、それ以上は出せないよ。いやならほかあたりな」

「もうすこし……もうすこし、どうにか、なりゃせんかのう……」

竈老人は弱りきった様子で、男に頼み込んでいる。どうやら野菜を安く買いたたかれようとしているらしい。

「沙来の民の野菜なんか、買うやつはいないんだよ。ほら、商売の邪魔だから、よそ行ってくれ」

男は竈老人を突き飛ばした。竈老人はよろめいて倒れ込み、籠から野菜が散らばる。通行人に踏まれそうになり、竈老人はあわてて野菜を拾う。夙央と庚は彼のもとに駆けよった。一緒に土まみれになった野菜を籠に入れ直す。

「おや、おまえたち……」

竈老人がぱちぱちと目をしばたたく。「悪いねえ、ありがとう」

夙央は胸が締めつけられた。立ちあがり、店の男と向き合う。

「このおじいさんの育てた野菜は、すごくおいしいのよ。ふつうより高い値をつけたっていいくらいなのに、おかしいわ」

男は夙央の身なりを上から下まで眺めて、ちょっと奇妙な顔をしたが、すげなく手をふった。

「だめ、だめ。沙来のやつが作った野菜なんか、客だって買わないんだ。そんなの、仕入れたってうちが損するだけなんだよ、お嬢ちゃん」

おそらく夙央の身なりがいいので、良家の子女かもしれないと、遠慮気味に言っているのだろう。夙央はむっとした。

「わたしは沙来の民よ。ずいぶんなことを言ってくれるのね」

男の形相が変わった。

「沙来のやつのくせに、そんないい身なりをしてやがるのか」

憎悪に満ちた声音に、夙央は思わずぞっとした。ここまで憎しみの感情をぶつけられたことは、いままでないからだ。

男が一歩、足を踏みだしたが、その前に護衛の従者が割り込んだ。さらに甯が割って入る。

「このかたは、慶家の若奥様ですよ。無礼はなりません」

男が目を剝いた。「慶の旦那の？　まさか――沙来の娘を嫁に迎えたんですかい」

「だったら、どうだと言うんです。旦那様にご報告しましょうか？」

「いやいや」男は打って変わって、ひきつった愛想笑いを浮かべた。

「どうぞ、慶の旦那にはよろしくお伝えいただけたら……」

へへ、と誤魔化すように笑い、男はそそくさと奥に引っ込んでいった。

夙央は唇を引き結び、竃老人が立とうとするのに手を貸す。

「ありがとうよ」

竃老人は皺くちゃの顔をさらに皺だらけにして、にこにこと笑う。夙央は黙ってかぶりをふった。口を開くと涙がにじみそうだった。

悔《くや》しかったのだ。男の憎悪に中《あ》てられて、体がすくんでしまった。口も体も動かず、ただ突っ立っているしかなかった。甯たちがいなかったら、どうなったろう。

――わたしはやっぱり、弱虫だ。

唇を嚙んだ。

「あら、坊や。どこか怪我した？」

甯が心配そうな声をあげたので、夙央はふり向く。庚が両手で目をこすっていた。目に土埃《つちぼこり》でも入ったのかと思いきや、違った。庚は泣いていた。

「俺……なんにも、できなくて……」

庚は涙を拭《ぬぐ》いながら、しゃくりあげた。「あらあら」と甯がつぶやき、庚の背中を撫でおろす。

「なにかしてたら、大騒動になってたわよ。そんなこと思わなくていいの。あんた、大事なお姉ちゃんに迷惑かけるつもり?」

甯はくだけた口調でずけずけ言った。

「でも……」

「気にせんでいい、庚」竈老人が庚の頭を撫でる。「儂ァ、慣れとる」

庚はさらに泣きだした。夙央も庚の気持ちがわかる。いまの庚は夙央そのものだ。ただ、庚と違って夙央は、もう憚りなく人前で泣ける歳ではない。

——これまでも、竈じいちゃんはこんな目に遭ってたんだ。

そう思うと、胸が塞《ふさ》いだ。

「竈じいちゃん、その野菜はうちの屋敷がぜんぶ買うわ。——いいでしょ?」

夙央は甯に確認する。「もちろん、かまいませんよ」と甯はうなずいた。

竈老人は困ったような笑みを浮かべていた。わかっている。今日いっとき買い取ったからといって、問題が解決するわけではない。だが、それでもこのまま竈老人を帰す気にはなれなかった。

「いまから帰るところだったの。屋敷まで一緒に来て」

竈老人の困惑に気づかぬふりをして、夙央はいまだ洟《はな》をすすっている庚の手を握りしめ、歩きだした。

「さっきの店の男は、父も兄も沙来との戦で喪ってるんですよ」

帰る道すがら、甯がそんなことを言った。

「竈じいちゃんだって息子を戦で亡くしてるわ。庚のお父さんだってそう」

夙央も言う。

「そんな人たちばかりですね、ここは」

甯は嘆息した。

「でも、奥様は沙文の人たちをはなから嫌ってはいないでしょう?」

「わたしは――」夙央は、ちらと庚を見やる。「父や大事な人を戦で亡くしたわけでもないから」

嫌っていい立場にない。庚や竈老人とおなじ立ち位置にはいないのだ。沙来の民のなかでも、それによって沙文への見方に微妙な違いが生じている。だから通婚にしたって、賛成する者と強固に反対する者にわかれたのだ。

竈老人は反対していた。といっても理由はほかの反対者とは違っていた。沙来と沙文、双方の親睦《しんぼく》は大人たちが折れて協力しあえばいいことで、若い者にその役目を押しつけて犠牲にすべきではない、という理由だった。温厚な竈老人だが、その意見は最後まで頑として変わらなかった。きっと、いまもだろう。

屋敷に着くと、夙央たちは厨に向かった。籠の中身を見た料理人は、「こんなに蕗やら山菜やらばっかり。下ごしらえがたいへんなんですよ」とぶつぶつ言った。

「それじゃあ、儂も下ごしらえは手伝おう」

竈老人がにこにこして言う。

「じいさんが？　そりゃあ、やってもらえば助かるけどね」

料理人は夙央と甯のほうをうかがう。甯は夙央を見た。

「竈じいちゃん、疲れてない？　さっき転んで、怪我しなかった？」

「なんの、なんの。ぜんぶ買い取ってもらえて、元気が出たわい。お礼にこれくらいはさせておくれ」

「それなら……」と、夙央は頼むことにした。竈老人は手慣れているので、蕗の皮剝きでも山菜のあく抜きでも上手だ。

実際、やらせてみると料理人が感心していた。

「じいさん、うまいもんだねえ。ここで働いてほしいくらいだ」

ふたりはなにやら山菜のあく抜きについて情報交換しているようだった。

甯は買ってきた枇杷をいくつかと粽を器に盛り、食堂で庚に食べさせる。

「枇杷は坊っちゃ——旦那様も好物なんですよ。花陀でもよく召しあがってました」

「そうなの？」

夙央は慶成が好きな食べ物などひとつも知らない。慶成は忙しく、言葉を交わせるときも限られている。

「旦那様も、もうすこし奥様とゆっくり過ごす暇があるといいんですけどね」

甯が察して、気遣わしげに言う。夙央は、ゆっくり過ごすあいだになにをしゃべっていいのかもよくわからないので、「べつに、それはいいわ」とだけ言った。

その返答をどう解釈したものか、甯は「朝廷や役所の立て直しが進んで、落ち着けば、暇もできますよ」と付け足す。夙央が拗ねているとでも思ったのだろうか。

「あの人は、そんなに忙しいの？」

夙央は、慶成が朝廷でどういった立場にあるのかも、実のところよく知らない。さきの戦と落雷で卿も士大夫も大勢死んで、政を采配《さいはい》する立場の人手が足りていないことくらいは、知っている。

「てんてこまいですよ」

甯は大きくうなずいた。

「なにせ、人手が足りませんからね。あっちもこっちも、旦那様が指示を出したり監督しないといけなくって。あたしもお役所仕事の詳しいことはよくわかりませんけどね。市の再開にもずいぶん尽力なさって。だから市の商人たちは旦那様に頭があがらないんです」

だからか、と夙央は店の男の卑屈な様子を思い返した。

「奥様も、大きな顔して市を歩けばいいんですよ。慶家の奥様だと顔を知られていれば、無礼な真似もしてきませんからね」

「……それは、あの人の名前を笠《かさ》に着ることだわ」

つぶやいた声は、甯には届かなかったようだった。

「央、儂ァ、そろそろ帰るよ」

竈老人がひょっこりと顔を覗かせた。厨での手伝いが終わったらしい。

「すこし休んでちょうだいよ、竈じいちゃん。粽でも食べて」

「粽かい。そんなら、お言葉に甘えようかね」

竈老人は相好を崩し、庚の隣に腰をおろす。料理人が酢漬けにした蕗を持ってきた。竈老人の蕗ではなく、作り置きのものだ。粽とともにそれも食して、竈老人は「うまい、うまい」とうれしそうにしていた。

「竈じいちゃん、市ではどの店でもあんな調子で、ろくに買い取ってもらえないの?」

「今日のとこは悪いほうだったよ。買い取ってくれるとこもあるんだがね、毎回というわけにゃいかないみたいだ。沙来のもんが作る野菜を贔屓《ひいき》にしてるとあっちゃ、いやがる客もいるからね」

「そう……」

「うちらと市の店を取り持ってくれる牙儈《がかい》がいるといいんだがねえ」

「牙儈？」

「仲介役の商人ですよ」と甯が口を挟む。「花陀でもいましたね。店と作り手をつなぐ役目をします」

「沙文にはいないの？」

「いるが、沙来の者を仲介してくれる牙儈はいないんだよ」

野菜を売り込むのに苦労しているだろうに、竈老人は飄々《ひょうひょう》と話す。

「旦那様もおわかりになってるとは思いますけどねえ。早くうまくいくといいですね」

甯はひどく同情した様子で言った。

「ま、そのうちうまくいくだろうさ。のんびり待つのがいいってもんだ」

竈老人は笑って、粽を頬張《ほおば》った。

＊

その日、帰宅した慶成は、甯から市での顚末《てんまつ》を聞いた。

「どうにかならないもんですかねえ。あのおじいさんがお気の毒でした」

「その辺は、進めてはいるんだが。市自体がようやくいろいろ整ってきたところだからなあ……」

市の商人のなかにも、沙来に対してそう拒否感のない者もいれば、身内を戦で亡くして絶対に相容《あいい》れないという者もいる。一枚岩でないぶん、交渉次第ですこしずつ市に沙来の人々の居場所を作ってゆけるだろう、とは思っている。

「ともかく、央に怪我がなくてよかった」

「ほんとうに」と甯は何度もうなずく。「情に深いおかたなんでしょうけれど、それはいいほうにも、悪いほうにも転びますからねえ」

護衛を雇ったのは正解だった。

「今後も気をつけてくれ」

「ええ、もちろんでございます」

そんな話をしていたら、扉の向こうから声がかかった。

「旦那様」夙央の声である。

甯が扉を開ける。夙央が部屋に入ると、甯は代わりに出ていった。

「今日はたいへんだったそうだな」

「ええ……」

夙央はぎこちなくうなずき、視線を落とす。言いたいことがあるのに言いだせない、といった様子で瞳を揺らしていた。

――なにか頼みごとでもあるのか。

どうも、彼女は慶成に頼ることを屈辱と捉えているのか、頼みごとをしない。なにかを欲しいと望むこともない。

「私に頼みでも？」

率直に訊くと、夙央はぐっと石を飲み込んだような顔をした。正解らしい。

「なにかあれば、なんでも遠慮なく言ってほしい。最初から私はそう言っていると思うが」

「そうだけど……」夙央は居心地悪そうに腕をさすった。「どう言っていいのか、わからなくて」

ふむ、と慶成は腕を組む。

「今日の騒ぎにかかわることかい？」

夙央はうなずいた。

「となると――沙来の民がまともに商取引ができるように、と望んでいるのかな」

「そう……ね」夙央はあいまいにうなずく。「わたしは、商いのことはよくわかってないから」

「興味があるなら、学べばいい」

え？　と夙央は顔をあげる。

「商いについて学びたいなら、市の商人に頼んでおく。市には商いの組合があって……えぇと、商いの種類によって組合がわかれているんだが……そうだな、青果の組合長にでも頼もうか」

話をどんどん進めていると、夙央は焦った様子でうろたえていた。

「い、いえ――わたし」

「興味はない？　ないならかまわないが、それなら口を出すのもやめたほうがいい」

夙央はぎくりと顔をこわばらせた。

「かかわる覚悟があるなら、いくらでも信用できる者を紹介しよう。どうする？」

こわばった顔のまま、夙央は黙り込む。逡巡《しゅんじゅん》しているようだった。

「あなたがいま踏み込まずとも、いずれ沙来の民がちゃんと商取引できるよう、整えるつもりはある。だから、あなたはときおり市に足を運んで、沙来の民が不当に扱われていたらその都度、店主を締めあげ、役所に報告する――それだけでもいい。私の名前を出せば、周囲はあなたの意見をそれなりに聞いてくれるはずだ」

根本的解決にはならないが、むだなことではない。慶家に嫁いだ沙来の娘としての役目は、じゅうぶん果たせるだろう。

「……でも、それは、あなたの名声の上にあぐらをかくことではないの？」

夙央が答えたと思うと、それが予想外の方向であったので、慶成は虚を衝かれた。

「学ぶにしろなにをするにしろ、あなたを利用しろと言うの？　今日のことだってそうだけれど――」

うまく言葉が出てこないようで、夙央はときおりつまりながら、話をつづけた。

「わたしがあなたの妻だと知ると、店の者の態度が変わった。甯は、あなたが市の再開に尽力したと言ってた。だから市の者は皆、あなたに頭があがらないって。それはあなたの功績であって――うまく言えないけど、わたしが利用していいのかしら、って思うのよ」

夙央は両手の指を組み合わせ、もどかしげに揉んでいる。

「あなたは花陀からここへやってきて、故郷といったって見知らぬ土地と変わらぬようなところで、自分の力で一生懸命、根を張ってきたんでしょう。それをわたしが横合いから奪うようで、いやなの」

「――根を張って？」

つぶやくように口に出すと、夙央は、不安げに視線をあげた。

「変かしら、わたしの言ってること。わかる？」

慶成は、黙ってうなずいた。夙央の言いたいことはわかったし、ずいぶん融通の利かない、生真面目な考えかたをするのだなと思った。そしてそれ以上に、思いがけずその言葉は慶成の胸を打った。

『自分の力で一生懸命、根を張ってきたんでしょう』

――この人は、そういうつもりもなく言ったのだろうが……。

己を根無し草だと思っていた。だが、いつのまにか、自分は根を張れていたのだろうか。

慶成は、長い旅をしてきて、ようやく家路についたような、そんな心地がした。軽やかで心地よい、不思議な感覚だった。

「……私は、あなたにはじめて会ったとき、言ったと思うが」

軽やかな気持ちのまま、慶成は言った。

「私はあなたのためになることをしたいし、あなたにやりたいことがあれば、協力したい。これは――そう、結婚のさいの約束事のひとつだとでも思えばいい。あなたがやりたいと望むことをするのは、その約束に合致している」

約束、とくり返し、夙央は組み合わせた手を眺めている。

やりたいことがあるのならば、利用できるものはなんでも利用すればいい――と慶成などは思うが、夙央はそんなふうには思わないのだろう。慶成は己のやりかたを押しつけようとは思わないし、夙央は押しつけられもしないだろう。それなら、夙央がやりたいように、試行錯誤して進めばいいのだ。

夙央は組み合わせていた手をほどき、顔をあげた。

「わたし——牙儈に興味があるの」

「ほう」慶成はうなずき、さきを促す。

「沙来の民と沙文の商人をうまく取り持つ人……わたしがあなたの妻で、沙来の出身だという立場は、うってつけじゃないかと思うの。もちろん、それだけじゃだめなのだろうけど……でも、なんとかしたい」

「うん」慶成は、知らぬうちに微笑を浮かべていた。

「わたしは商売のことをうんと学んで、牙儈になりたい」

夙央の頰は紅潮していた。目が輝いている。いままで見たなかでいちばん、生き生きとした表情をしていた。

＊

牙儈に興味がある、と口に出したとき、夙央のなかでは、まだそれは明確な形を成しておらず、ぼんやりとした思いがあるだけだった。言葉をつづけるにつれて、くっきりとした形をとりはじめたのだ。

——わたしは、牙儈になりたい。

口に出した言葉が、思いを形作ることもあるのだな、と思った。

翌日からさっそく、夙央は慶成によって市に放り込まれた。青果商の組合長に預けられ、青果のことから取引の決まり事まで細々《こまごま》としたことを学んだ。むろん、一朝一夕に理解できることでもない。夙央は連日、市に通いつめた。夙央は慶成の妻として知られるようになり、親しく言葉を交わす者ができたり、売れ残りの品をもらったりするようになった。

独活《うど》をもらって帰り、厨の料理人にさしだすと、「いいにおいだね、こりゃ」と顔をほころばせた。どうやら好物らしい。

「醤漬《ひしおづ》けにしようかね……若布《わかめ》と酢味噌和《すみそあ》えにしてもいいし……鶏肉《とりにく》と羹にしても……」

ぶつぶつとつぶやいている。

「そうだ、奥様。こないだのじいさんに、また野菜を持ってきてもらいたいんですがね」

「あら、そう？　じゃあ頼んでおくわ」

夙央は答えつつ、料理人をまじまじと眺めた。

「竈じいちゃんは沙来の者だけれど、かまわないの？」

料理人は、じろっと夙央を見返した。

「沙来の者は嫌いですよ。うちは夫が戦で死んでるんでね。でも、奥様やあのじいさんは、あたしにとって『沙来の者』って括《くく》りじゃありませんからね。奥様とじいさんです」

なんとなく、言いたいことはわかる。夙央はうなずいた。

「どうもありがとう」

礼を言うと、料理人は片眉《かたまゆ》をあげて、けげんそうな顔をした。

――そうやって、『沙来の者』じゃない括りの人を、増やしたい。

夙央のなかで、すこしずつ、あいまいでもどかしかった思いが、形になってゆく気がする。

自分は弱虫だと思っていた。弱いことは、弱いのだろう。いまも。だが、なにに対して強くあればいいのか、わかってきたように思うのだ。

夙央は手の甲をさすった。

中途半端《ちゅうとはんぱ》な文身など、たいしたことではなかった。いや、これが完璧《かんぺき》な形で入っていたら、わたしはいま、ここにいなかったかもしれないのだ――。

「どうした?」

夙央は、月の明かりに手をかざしている。慶成をふり返り、彼女は手をさしだした。手の甲の文身を見せる。

「見てもいいのか?」

慶成は手をとり、文身を指先で撫でた。くすぐったさに、夙央は肩をすくめる。

「美しいな」

微笑を浮かべて慶成が言うので、夙央は心までくすぐったくなってくる。

「針があんまり痛くって、わたし、途中で逃げだしたの。だから、中途半端な形になっているでしょう?」

「へぇ」と慶成は文身を眺める。

「しようのない弱虫だと思っていたわ」

夙央は笑って話せる。「でも、そうじゃなかったら、わたしはここに嫁いでこなかったかもしれない」

「では、この文身には感謝せねば」

慶成は夙央の手を掲げ、月光に晒す。文身が鈍色に輝く。

「しかし、逃げだすほど痛かったなら、それは逃げて正解だ」

「そう? 文身は痛いものでしょう」

「痛みの限度は人によって違う。体質だって個人で違うものだ。耐えがたい痛みを無理に耐えたら、体を壊すことだってある。慣習だからと耐えてしまう人が多いなか、体の訴えを退けず逃げだしたあなたは賢明で、勇気がある」

慶成は笑った。

「弱虫なものか」

——ああ。

視界がにじんだ。
月光に、鈍色が輝いている。

柳緑花紅《りゅうりょくかこう》

霊子は水面に呼びかける。

「海若」

水底から、ひとつ、ふたつとあぶくがあがってくる。

「新たな花嫁に加護を」

霊子の声音は厳しい。冷ややかで暗く沈んでいる。あぶくが水面ではじけて、霊子の機嫌をとるようにきらきらと輝いた。

「あなたが滅ぼした沙来の生き残りの少女が、沙文の領主へ嫁ぐのよ。祝いをはずんでやってもいいでしょう」

いいだろう、たやすいことだ、と海若は水底から返答をよこした。

あぶくが湧きあがる。霊子はそれを両の手ですくいあげる。

いくつもの乳白色の玉が、そこにはあった。海上にただよう朝靄《あさもや》を集めて、閉じ込めたような玉だった。陽にかざすと青や緑、紫と、色を変えて輝く。海若の力が籠もった玉だった。

——媼に頼んで、耳飾りにでもしてもらおう。

これが嫁ぐ『海神の娘』を守ってくれるだろう。

霊子は玉を両手でそっと包み込んだ。『海神の娘』たちのかなしい顔は、もう見たくない。

——幸せでありますように。

そう祈る。

どこからか、冴《さ》え冴《ざ》えとした青い翼を持つ小鳥が飛んできて、羽根を一枚、水面に落とした。

＊

由は母を知らない。

己がどこで生まれたかも、両親が誰であるかもわからない。噂では、海神の息子だと言われている。養育してくれた累に問《と》い質《ただ》しても、誤魔化されるばかりだった。

領主というものを理解しないころから由は領主として育てられ、幼なじみだと思っていた少年は臣下の子供で、成長するにつれて手加減される遊びは、じきにつまらなくなった。

傅役は物心つく前からそばにおり、なにかと口うるさく指導された。領主としての心得。礼儀作法。臣下への接しかた。海神というもの。巫女王のこと――。

海神と巫女王の話は、おとぎ話のようで好きだった。

傅役より厳しいのが、令尹の鴟牙展である。由は彼が苦手だが、真面目で、沙文のことを誰よりよく考えているのはわかっている。隙《すき》あらば怠けようとする由を頭ごなしに叱り飛ばすのが傅役で、こんこんと理屈で諫《いさ》めるのは展だった。叱られたら拗ねることができるが、正論で諭《さと》されては「ごめんなさい」と謝るほかない。展に諫められたあとは、必ず璋が慰めてくれた。璋はやさしい。ふたりが夫婦だというのが、由には不思議である。

累は――。

「ねえ累、海神ってどんな人だった?」

そう訊く由に、累は笑って、

「海神は、人ではありませんよ」

と美しい声で言った。

彼女には鶺鴒の相棒がいた。浅浅といった。浅浅は美しくさえずるが、累の声もおなじように美しかった。由は、ほかの誰よりも累の声がいちばん好きだった。ずっと聞いていたくて、いろんな質問をした。

「人じゃないなら、どんな姿をしているの？」

「さあ……。それは巫女王しか知りません。蛇の神様だとは伝わっていますが」

「蛇？　蛇の姿をしているの？」

由は庭で蛇を見かけたことがある。青鈍色に光る細い蛇で、するするっと藪《やぶ》に隠れてしまった。得体の知れない生き物だと思った。だから、海神が蛇の神様と聞いて、なんとなく納得した。

「じゃあ、巫女王は？　巫女王も、人じゃないの？」

「いいえ。――いえ、どうかしら。きれいな少女の姿をしてらっしゃったけれど……」

累はふと、遠い目をして独《ひと》りごちた。そういうときの累は、知らない人のように見えた。巫女王の島にいたころを思い出していたのだろうか。

「女の子なの？　僕より小さい？」

当時、由は五、六歳だったと思う。

「わが君よりは、年上に見えましたよ」

累は世話係のひとりの名をあげて、彼女よりすこし若いくらい、と説明した。

「ふうん。その子がいちばん偉い人なんでしょう？　あ、いちばん偉いのは海神なのか」

「偉いというより、尊いのですよ」

「ふうん……？」

尊い、という感覚がわからず、由は生返事をした。

累が死んだのは、由が十六のときだ。

立派に成長した由に安堵したように、累は静かに息をひきとった。持病もなく、まだ若く、死ぬような歳でもなかったのに、累は己が死ぬことを事前に知っていたかのように落ち着いていた。その埋め合わせのように、明くる年、『海神の娘』嫁入りの託宣が伝えられた。

由は十七歳。早い嫁取りだった。

婚儀は夜に行われる。

その晩、月明かりの下、由の待つ岩場へとやってきた舟には、深い藍色の薄絹を頭から被《かぶ》った娘が乗っていた。伸ばされた手をとり、無言のまま、娘を抱えあげる。ここから寝所まではしゃべってはいけない。そういう決まりだった。藍色の衣をまとう娘は小柄でか細く、さほど重くないので助かった。とはいえ足場の悪い暗い夜道を、娘ひとりを抱えて屋敷まで歩かねばならないのは、さすがに骨が折れる。

どこからか鳥の鳴き声がして、由はふと足をとめた。なんの鳥だろう、とうっかり声を出してしまいそうになり、あわてて唇を引き結ぶ。

――危ない、危ない。

もししゃべってしまったら、神罰がくだるのだろうか？　雷に打たれてしまう？　それともなにか、違う罰だろうか。

由は、海神に愛された、祝福された領主だとよく言われる。幼い時分、領主としてここにつれてこられたころ、鳥は由を慕《した》って群れ集い、魚も自ら網にかかるほどであったという。いまでもたしかに鳥には好かれる。いま聞こえた鳥の鳴き声も、由を慕ってやってきた鳥なのだろうか。

屋敷に辿り着き、回廊を渡り、寝所へと入る。ようやくひと息つけた。抱えていた娘を寝台へとおろして、「ふう、疲れた」とつい言ってしまった。

「あ……、すまない」

失言だと気づき、由はあわてて謝る。娘は薄絹を被っているので、顔が見えない。

——ええと……これは俺が外してしまって、いいのだっけ……。

婚儀の手順は、祭祀官《さいしかん》から聞いていた。だが、緊張ですっかり頭から抜け落ちてしまっている。由は焦り、なにをどうしていいか、わからなくなった。

す、と白い手が衣から伸びて、藍の薄絹を持ちあげた。細い指の、小さな手だった。薄絹の下から、手とおなじくらい白い顔が現れた。顔も小さい。小作りな彫りの深い顔立ちで、黒目が大きく、濡れたようにきらめいている。睫毛《まつげ》が濃く、くるりと上向いて、まばたきするとまぶたに影が落ちた。薄い耳朶《じだ》に、玉を連ねた耳飾りをつけている。その玉は見たこともない、とろりとした輝きを放っていた。なんという玉だろうか。

歳のころは、よくわからない。由の周囲にはおなじ年頃の娘はおらず、侍女は年上ばかりで、いちばん若くて二十代の半ばだった。目の前のこの娘は、それよりずっと若いようだが、子供という年齢でもない。ということは、自分とおなじくらいだろうか、と由は思ったあと、いや、訊いてみればすむ話ではないか、とおかしくなった。

「そなた、何歳だ?」

そのまま率直に問うと、娘はなにを思ったかすこし首を傾げ、

「……十七」

と、端的に答えた。

心地よい声だった。見かけから、小鳥のような甲高い声を想像していたが、もっとやわらかい、落ち着いた声音だった。

「同い年だ」

由は妙にうれしくなって、破顔した。

「私も十七だ。どこの出身なんだ? ああ、そのまえに名か。私は由という。そなたは?」

そうだった。名前を訊かねばならないのだった。それも婚儀の決まりだ。由はようやく思い出し、娘は無表情のまま、それが正解だと言いたげにうなずいた。だからさきほど、

首を傾げたのか。

「英《えい》」

また、短く答える。

「英。そうか。――花という意味だな」

娘は答えず、うなずきもしなかった。違うのだろうか、と思っていると、「よくわかりません」と返ってきた。

「言葉がわからないのか？」

すこし間が空く。

「いえ。そういう意味でつけられた名かどうか、わからない、という意味です」

ゆっくりと、考え、考え、口にしているようだった。返答に間があるのも、言うべき言葉を考えているからだろう。

――慎重な娘だな。

由も領主として言葉には気をつけているつもりだが、気を抜くとうかつな言葉が出てしまうことがある。慎重に言葉を選ぶ英に、好感を持った。同時に、こちらも慎重にしなくては、と気を引き締める。

――『わからない』とはどういうことか、訊いてもいいものだろうか。

親から聞かされたことがない、ということか。それとも親がいないのか。踏み込んで訊ていいかわからない。

「ええと……」

迷っていると、英が、

「ふた親とも、わたしが小さいときに死にましたので、知らないのです」

と言った。

「そうか。私も親はいない」

いない、というより『知らない』が正しいか、と思ったが、おなじことにも思えた。英はこちらに質問をしてくる様子はない。由も黙った。なにかしゃべったほうがいいのだろうか。そう思っているうち、英は被っていた薄絹を丁寧に畳んで、かたわらに置いた。

「さきほどのご質問ですが」

英は由に向き直る。

「質問？」

どれのことだろう、と思っていると、

「出身地はどこかとお尋ねでした」

「ああ。そういえば」

「わたしは、沙来の出身だそうです」

由は、思わずまじまじと英の顔を眺めた。沙来――滅んだ隣の領。

「その歳で沙来の出身となると……」

「落雷による火事で家族は全員、死んだそうです。当時のことは幼すぎて、よく覚えてません。わたしひとり無事だったのを、媼が——巫女王の使者が沙来まで迎えに来てくれたそうです。以後、巫女王の島で媼たちに養育されました」

「なるほど、そうか」

由と似たようなものだ。親がおらず、媼に育てられた。だから由の花嫁に選ばれたのだろうか？

「では、そなたは巫女王の島しか知らぬのだな」

英はうなずいた。ふむ、と由は思案する。そうなると、この島での暮らしもなにかと勝手がわからないだろう。

「この屋敷を主に取り仕切っているのは、良鴇璋という侍女だ。彼女は沙文の令尹……ええと、臣下のなかでいちばん偉い者だが、その令尹の妻で、親切だしなにかと力になってくれるだろう。困ったことがあれば璋を頼るといい。そなた付きの侍女には年頃の近い者を手配してある。そのほうが気安くてよかろうと、璋が。——それでよかったか？」

英は由の言葉を理解するように何度かまばたきしたあと、うなずいた。ほんとうにいいと思っているのかどうか、表情からはよくわからない。

「あとは——なんだろうな。なにか訊きたいことはあるか？」

英はまたまばたきをした。それが癖らしい。おそらく思案するときの癖だろう。

「ありません」と、英はかぶりをふった。耳飾りが揺れて、玉が触れ合い、不思議な音を立てた。

「その耳飾りは、なんという玉なのだろう。はじめて見る」

英はつと耳飾りに触れる。

「さあ……。巫女王がくださったものです」

「『海神の娘』が嫁入りするときには、皆もらうのか？」

「わたしがはじめてだと……。巫女王は、海神に作らせたと仰せでした」

「海神に……作らせた？」

何気なく言われた言葉に、由は衝撃を受ける。巫女王は海神に仕えているのだとばかり思っていた。巫女王は、海神に命じることができるのか。それなら神罰とは――。

「霊子様――巫女王は、沙来や沙文が神罰でひどい目に遭ったことに、お心を痛めておいでしたので、このようなものをくださったのだと思います」

英の指先は、大事そうに耳飾りの玉を撫でている。巫女王のもとで育った英にとって、彼女は身内のような存在なのだろうか。

「巫女王は、霊子様とおっしゃるのか」

「ご存じなかったのですか」

「知らない――というより、気にすることがなかった。そうか、巫女王にも名前があるのだな……」

子供のころ、累から巫女王は少女のような年頃だと聞いた覚えがある。ということは、いまはもう大人だろう。

「触ってみますか」

英が耳飾りを外し、由のほうにさしだす。

「いいのか？」

英がうなずくので、由は受けとった。玉はひんやりとしている。粒の大きさはまちまちで、真珠とも白珊瑚《しろさんご》とも違う。ほんのわずか透き通った乳白色で、燭台の明かりにかざすと、角度によって緑がかったり、青みが強くなったり、紫を帯びているようにも見えた。

「ありがとう」

耳飾りを返すと、英はそれを耳にはつけ直さず、寝台脇《わき》の几にそっと置いた。

「つけないのか？」

訊くと、英は由のほうをふり返り、しかしすぐ目をそらした。なにか言いかけたが、口も閉じてしまう。困惑しているようだと、すこしして由は気づいた。

「なにかおかしなことを言ったか？」

英が不思議そうな表情で由を見る。

「身につけているものは、すべてとったほうがいいのではありませんか。耳飾りなど、壊れてもいけませんし」

由は英の言葉がすぐには呑み込めなかった。夜伽《よとぎ》のことを言っているのだと気づいて、あっと声が洩れた。

「ああ――そうか。たしかに。壊れるといけないな」

由はしどろもどろになった。夜伽をすませねば、婚儀を終えたことにならない。事前に教えられてわかっていたはずなのに、頭から抜け落ちていた。今夜はそんなことばかりだ。

英はおもむろに帯をほどきはじめる。由はそれをぼんやりと眺めていたが、結び目が固いらしく、ほどくのに手間取っているので、手伝ったほうがいいのか迷う。

「……私がやろうか？」

由が言うと、英は手をおろし、うなずいた。帯の結び目に指をかけて、すこしずつゆるめてゆく。

「巫女王のもとには、沙来の者はほかにもいたのか？」

沈黙が気詰まりで、口を開く。

「いました」

それが？　という調子で英が答える。

「ええと——どんな人が？」

「どんな……？」英は困惑している。「わたしより年上の……女の人です」

とまどいつつも律儀に言葉を返してくる。

「ひとり？」

「いえ、何人か」

「全員、年上？　若い子？」

「全員、年上です。若い人も、年老いた人もいました」

「ふうん、そうか」

さして意味のない言葉を交わしつづける。帯の結び目がようやくほどけて、安堵の息をついた。

「ここには、いますか？」

「え？」帯に気をとられていた由は、英の質問の意味がわからず、目をあげる。英は黒々とした瞳でじっと由を見つめていた。

「沙来の人」

「この屋敷に？　いや……いない、と思う」言ってから、あわてて付け足す。「でも、島内にはいる。朝廷にも」

「そうですか」と言った英は、どう思ったのか、わからない。表情が変わらない。

「いてほしいか？　たとえば、侍女とかに」

「べつに……どちらでも」

本心だろうか。読みとれない。明日にでも璋に訊いてみようか。沙来の者を侍女にするのはどうか、と。

そんなことを考えているうち、英はほどいた帯を丁寧に畳んで脇に置いていた。そうだった。夜伽の最中なのだった。

「わが君」

改まった口調で英が言った。

「霊子様が、あなたは気のやさしい、いい子だとおっしゃっていました」

「霊子様――巫女王が？　私は会ったこともないのに」

英は軽くかぶりをふった。「霊子様は、なんでもおわかりになります」

そういうものなのか、と由は奇妙な心地がした。

「だから、大丈夫だと……安心して嫁げばよいと仰せでした。わたしも、すこし話しただけですが、あなたはいいかただと思います」

英の黒い瞳が由を見つめている。つやを帯びた美しい瞳に、由が映っている。

「これからどうぞ、よろしくお願いします」

英は首を垂れた。難しい言葉のない、それだけにまっすぐで真摯《しんし》な言葉だった。やわらかく心地よい声音が、由の胸に染《し》み込《こ》んでくる。

由は自然とほほえんでいた。

「私のほうこそ、よろしく頼む」

手を伸ばして英の肩に触れる。か細くやわらかな肩だった。


翌日、由はさっそく璋に訊いてみた。

「沙来の侍女を——でございますか？」

英が沙来の出身なので、沙来の侍女をつけてはどうか、と訊いたのである。

璋はしばし沈黙し、うつむいた。表情に翳がさす。

「まずいか？」

「いえ……」璋は気を取り直したように顔をあげ、微笑を浮かべた。「よろしゅうございます。適任の者をさがしてみましょう」

璋がなにを懸念したのか、由が悟るのはすこしさきのことだった。

「嫁いできた『海神の娘』は沙来の出らしい」

そんな噂は屋敷内からすぐに朝廷に広まった。沙来出身の者で、朝議に出席できる卿の身分を持つ者は、いまのところひとりしかいない。しかし卿のなかに沙来の妻を持つ者は数名いる。通婚をすることで沙来と沙文は仲を保《たも》ち、海神の怒りを買わぬよう、大きな諍いも起こさずいままでやってきているのだ。

うまくやれている――と思っていた。

「しばらく、まわりを注視しなくてはなりません。わが君も、お気をつけください」

令尹の展が憂い顔でそう言ったのは、朝議のあと、ともに庭を散策しているときだった。

やわらかな日差しの下、木瓜《ぼくか》の赤い花が咲いている。やさしげなこの花が由は好きだった。

「沙来の者は嫁を使ってうまく卿を動かしている。そう不満を持つ者もいます。そのうえ、わが君の奥方も沙来の者となると――」

由は笑った。

「『海神の娘』は政には口を出さぬ決まりではないか。沙来の者たちを厚遇するよう、英が求めるとでも?」

「そうではありませんが……」

展の表情はまだ晴れない。

「影響を懸念しているのです。むしろ、はっきりと要求されるほうが対処は楽というもの。そうでなく、知らず知らず――」

「英は悪いことはせぬ。謀《はかりごと》もせぬ。そういう娘ではない」

「いえ、私もそのようなことを疑ってはおりません。よいかたであるからこそ、弊害もあるのです」

展の言うことは、由にはまだよくわからなかった。悪い者でないなら、いいではないか。策謀を巡らし、人を陥れる、そんな悪人なら困るが、英はそうではない。少々感情が表に出づらいだけの、物静かで善良な娘である。なんの問題もない。

展は苦笑を浮かべ、黙って首を垂れた。由は気難しくもなく、荒々しくもなく、朗らかでいたって接しやすい領主だったが、やはり年若さゆえの浅慮がある面は否めず、世間知らずでもあった。人の感情の御しがたさも、心の襞《ひだ》の奥に隠された情動も、まだ知らなかった。

*

英の侍女に、沙来の少女がひとり、つけられた。

同い年の少女である。名を紘《げん》といった。

英は紘に、

「わたしは沙来のことはほとんど覚えていないの」

と正直に話した。同郷の者だと期待されて、あとでがっかりされたくなかったからだ。

紘は、ちょっと驚いたような顔を見せたあと、

「実は、あたしもです」

と肩をすくめ、いたずらっぽく笑った。英は、陽気で軽薄なこの侍女を、いっぺんで好きになった。

「戦のことを覚えてる親世代より上は、なにかとうるさく言いますけどね。あたしらの歳だと、故郷のことなんてなあんにも知りませんから。正直、昔の恨《うら》み辛《つら》みより、いまの暮らしが大事。沙来出身で感謝することがあるとしたら、こうして英様の侍女に選んでもらえたことです」

紘は庭に咲いていた石竹《せきちく》の花を摘み取り、器用に編んで花冠を作ると、英の頭上にのせた。英はお返しに、紫蘭《しらん》を手折って紘の髷に挿してやる。ふたりは笑い合った。紘は顔全体をくしゃりと崩して明るく笑うが、英はさほど表情が動かず、唇の両端をわずかに持ちあげて微笑するのみだった。しかしまなざしはやわらかい。由が、「そなたは私よりあの侍女に心を許しているのだな」と拗ねるくらい、ふたりは仲睦まじかった。

あるとき、紘が青い顔で急な宿下がりを願い出た。彼女の実家から使いが来たあとだった。

「甥《おい》が……兄の子が、熱を出してもう五日も寝込んでいるんだそうです。熱が全然さがら

なくて、お医者様から『今晩あたりが峠だろうから、身内を呼びなさい』と言われたって――まだ十歳にもならない子なんですよ。あたし、あの子が赤ん坊のころから知ってて、面倒も見て――」

泣きだしそうな紘を励まし、英は薬代にといくらか金子《きんす》を用意して、実家に帰らせた。璋に頼んで腕のいい医者も呼んでやった。翌日、甥の熱がさがったと知らせが来て、戻ってきた紘は英を伏し拝んだ。

「ありがとうございます。あの子の命が助かったのは、英様のおかげです。実家の親族も皆、心底感謝してます。奥方様が沙来の御方でよかった、って。奥方様ならわれわれを見捨てないって。いままではあたしが領主のお屋敷で働くことにもぶつくさ文句を言ってましたけど、すごい変わりようですよ」

紘は喜び、興奮した口調でまくしたてた。英も喜びながらも、ちくりと一抹の翳が胸を刺したことに気づいた。なぜだろう。なにが気にかかるのだろう。自問して、翳は濃くなった。

――彼らは、わたしが沙来の出身だから、彼らを助けたと思っているのだわ。

それは違う。英が沙来の出身でなくとも、紘が生粋の沙文の者であっても、おなじことをしただろう。だが、それを言ってもしかたない。現に英も紘も沙来の出身なのだ。

――わたしは、対応を間違えてしまったのかしら。

不安になり、英は璋に尋ねた。

「わたしは、なにか間違えた？」

璋は、一瞬言葉につまったが、すぐに微笑を浮かべ、かぶりをふった。

「いいえ。慈しみのあるおふるまいは、『海神の娘』にふさわしいことでございましょう」

その答えは、きっと正しいのだろうけれど、英を安心させなかった。

由にも問うた。

「わたしは、なにもしないほうがよかったのかしら」

「そなたは、そなたがやりたいようにすればいいだけだ」

由は言った。その声音は、どこか苦悩を秘めていた。

「『海神の娘』というのは、そういうものだ。沙文と沙来のありかたについて考えねばならぬのは、私の役目なのだ。私がしっかりしていれば、そなたがどうこう言われることもないのに」

「わが君」

由の表情には、疲れがある。英は、今回のことが朝廷で問題になっているのだと察して、うろたえた。まさか、侍女の助けになりたいと思ってやったことが、波紋を呼ぶとは思いもしなかった。

『海神の娘』は、政に口を出さない。だから、政をする側も、要求してはならない。そなたがなにをして、なにをしないか。そんなことは、けっしてこちらが決めてはならぬのだ」

由は疲れた顔に笑みを浮かべた。

「だから、そなたは好きなようにやってくれ。それがいちばん、海神の思し召しにも適うはずだ」

由の手がやさしく英の頰を撫でる。その手はやわらかく、ぬくもりがあった。

英は物心ついたときには、媼に育てられていた。

巫女王の島で、『海神の娘』たちに囲まれて日々を過ごし、男といえば水手の役目を担う蛇古《だこ》族くらいで、その彼らも島に住んでいるわけではない。

島に住む女たちは、麻を績《う》み、衣を織り、藍で染めた。年若い者もいれば、年老いた者もいた。英が最も年少だった。

英はごく幼いころから、物静かな子供だったという。泣き叫ぶことも、癇癪を起こすこともなく、大声で笑うこともなかった。手のかからぬ子供だった、と媼は笑っていた。

英はときおり夢を見た。雷鳴と炎の夢だ。はげしく轟く雷と、まわりを取り囲む炎。光と熱。そんなときは、めずらしく英も泣き叫んで目覚めた。沙来で見た光景だろう、と媼のひとりは英を抱きしめ、やさしくなだめながら言った。

成長した英は、もう夢を見なくなった。沙文に嫁いできたいまも、夢は見ない。

嫁ぐ前、巫女王から耳飾りをもらった。乳白色の玉を連ねた、不思議な耳飾りだった。

『海神の力が籠もったものよ。あなたを助けてくれるわ』

巫女王は、そう言った。

恐ろしくなるとき、英はこの耳飾りを手のなかに握りしめる。海神に祈る。どうか、いい方向へとお導きください、と。

いい子でいれば、海神は応《こた》えてくれると思っていた。悪いことを考えず、行わず、悪い子にならなければ、幸せでいられると。

いまは、なにがいいことで、なにが悪いことなのか、わからない。

侍女たちには平等に、なにか与えるときは全員に与え、分《わ》け隔《へだ》てなく接するよう努《つと》めている。それでもときおり、陰口《かげぐち》が聞こえてくる。

――奥方様は、沙来の侍女ばかり贔屓なさっている。

そんなことはない。そんなことはないはずだ。

紘は以前と変わらず、朗らかに、明るく接してくれる。それが英には救いだった。

令尹である展のもとには、頻々と陳情が届けられる。その多くが沙来の民とのいざこざだった。

そうしたいざこざに対処するのは、令尹ではない。役所であり、判事である。判断の難しい事案は朝議に持ち込まれることもあるが、ほとんどない。ことは些末《さまつ》で、公の議題には上らずとも、耳には入る。あるいは伝手を頼って、直接、展に取りなしてもらおうとする。展は、知り合いだからと便宜を図ったり法をねじ曲げたりはしない。だが、士大夫のなかにはそういうことをする輩もいる。不利になるのは沙来の民である。困ったことだった。

くわえていま、沙来出身の『海神の娘』が嫁いできたことにより、微妙な変化がもたらされた。

由が英を気に入り、寵愛《ちょうあい》するようになれば、沙来の民の影響力が大きくなるのではないか。そう危惧する者もいれば、英が沙来の民を優遇するよう由に求めるのではないか、といきり立つ者もいる。展はそんな愚かな不安を由の耳には入れまいとするものの、どこからか噂は聞こえるものらしい。由は知っていた。

*

「私は、思いのほか、皆から信用がないのだな」

由は傷ついていた。いずれの不安も、領主としての由の判断を信頼していれば、出てこないものだからである。

「人は不安になれば、どれだけ信用している相手でも疑うものでございます。わが君に瑕《か》疵《し》はございません」

展はそう言ったが、由はかなしげにほほえんだだけだった。

由は愚かな領主ではない。悪心もない。前の領主を思えば、天と地ほども違う。賢明で心の清い、思いやり深い領主である。

だが──と展は苦く思う。

──それが裏目に出ることもある。

いまのように。

「わが君は、いかがお考えですか」

「わが君の判断を仰ぐまでもない。あの土地はもともと寒《かん》氏のものだ」

「だいたい、沙来の婿《むこ》などとるからこんなことに──」

朝議は紛糾していた。

ひと月ほど前、沙文の豪農が死んだ。六十歳だった。寒氏という。彼には娘がひとりおり、婿をとって家業を任せていた。その婿というのが、沙来の出身だった。

寒氏には弟がいて、べつの土地でやはり農家を営んでいた。この弟・寒会《かい》が、寒氏の死後、娘とその婿が譲り受けた土地の所有を主張しはじめたのである。

いわく、娘はその婿のもとに嫁入《よめい》ったのであるから、別家の人間となっている。寒氏の土地は寒一族の所有に帰するべきである——という。

ずいぶんと筋違いなことを言う、と展はあきれた。嫁いだとはいえ、娘は娘であり、財産を受け継ぐ権利はある。だが法の上ではそうでも、慣習として、嫁いだ娘は一族から離れた者と見なす感覚はあり、財産分与においても娘は省かれる場合が多かった。娘が異議申し立てをすれば通るが、そんなことをするのは変わり者、恥知らずと見なされる。それが通例だった。

とはいえ、寒会の主張は法としては間違いであり、通らない。ましてや朝議で取り沙汰《とざた》されることなどあり得ない。それが取り上げられたのは卿のひとりと寒会が姻戚《いんせき》関係にあり、ほかの何人かの卿とも知己であるためだ。さらに無関係の卿までも寒会を支持する事態となっているのは、ひとえに娘の婿が沙来の者だからだ。

展は指で眉間を揉んだ。どう片づけたらいいか、考えあぐねている。法としてははっきりしている。却下する、ただそれだけだ。だが、それですむなら朝議に持ち込まれていないのである。対処を間違えば、沙文と沙来の民のあいだに亀裂《きれつ》が生じる。いや、亀裂が大きくなる、と言うべきか。

——このさき何年、こうした事案がつづくのだろう。

代替わりが進み、沙文だの沙来だのとこだわる者がいなくなれば、面倒も起きなくなるだろうか。それとも、代替わりしても変わらず残るものなのだろうか。

倦《う》み疲れていた。もういいかげんにしてほしい。また海神の神罰を受けたいのか。そう叱り飛ばしてしまいたい。

最終的な決定権は領主にある。領主は海神の血を引くからだ。領主の言葉は、海神の言葉もおなじ。なにより尊重されねばならない。

——だが、軽んじられてしまったら。

もはやこの領は立ちゆかない。だから由に判断を仰ぐべきではない。展はそう考えている。由は年若く、ここに居並ぶ卿たちを圧倒するだけの重さがない。非情でも、残忍でもなく、癇癖《かんぺき》が強いわけでもないがゆえに、かえって軽く見られることがある。皮肉だった。これが前の領主のように、機嫌ひとつで卿を罷免し、剣を抜くこともためらわぬ人物であったら、誰もが気を遣ったであろう。良識を備え、礼儀を弁え、やさしくあることが、由の立場を悪くしているとは。

——そう育てたのは、私だ。

口やかましく領主の心得を諭し、傅役を選んだ。いまの由がこうである責任は、展にある。展がなんとか切り抜けねばならない。そう考え、朝廷でほとんど孤立しつつ、粘《ねば》り強《づよ》く卿たちを説得している。卿のなかには沙来出身の男もひとりいたが、口を挟もうものなら四方から沙来の代表とばかりに責め立てられる始末で、いまはただ青ざめた顔でうつむいていた。

「おのおのがた――」

展が卿たちをなだめようと改めて言いかけたとき、

「皆の者、しばし口を閉じよ」

しっかりとした声が通り、展を含め一同は、はっと口を閉じた。

由である。

彼は居並ぶ卿の顔を、端から順に眺めていった。澄んだ瞳に見すえられて、何人かの卿はうろたえたようにうつむいた。

――まだ恥じる心はあるらしい。

うつむいた卿たちは、寒会に便宜を図ろうとしている者たちだった。

「法を曲げてはならぬ」

由の言葉は簡潔で、そのぶん、重みがあった。

「われらが法を守らずして、誰が守るというのか。寒氏の土地は娘が受け継ぐ。弟の訴えは退けよ。それ以外の答えはない」

きっぱりと言い切った。卿たちはなにか言いかけたようだったが、口をぱくぱくさせるだけで、明確な言葉は出てこなかった。由の言葉はまったくもって正論であり、なにより領主の言葉である。よほどの理由がなくては、反論などできようはずもない。由の発言は、それだけの威厳があった。

——よかった。

展はひそかに、安堵の息をついた。肩から力が抜ける。誰も由の意見を軽んじない。言葉ひとつひとつに重みがあり、声音は体の芯まで響き、深くしみ渡る。由がこれほど威風を身につけているとは思わなかった。展は由の成長ぶりを見くびっていたのだ。

安心した思いで由を眺める。由の視線は沙来出身の卿へと向けられていた。卿のほうは感謝のまなざしで由を見ていた。感極まっている様子だった。由はそれに応えるように、思いやり深い微笑を浮かべた。

「上に立つ者は、弱き者の味方でなくてはならぬ。そうであろう」

由は皆に向かってそう告げ、席を立った。

——あっ……。

展は、ひやりと胸が冷たくなった。

展の顔色が変わったことに気づかず、由は去ってゆく。卿たちがどこか、白けたような顔を見せていた。

——よけいなことを言った。

口が滑《すべ》ったのか。沙来出身の卿に、なにかあたたかい言葉をかけてやりたいと思ったのか。その思いやりが、あだとなった。

『上に立つ者は、弱き者の味方でなくてはならぬ』

慈愛に満ちた言葉であろう。だが、いま言うべきではなかった。それは由がさきに言った言葉と矛盾する。『法を曲げてはならぬ』――そのとおりだ。強者であろうと弱者であろうと、法は斟酌《しんしゃく》しない。そうでなくてはならない。由の言いかたでは、沙来の者に味方して結論を出したように聞こえる。

――もし逆であったら。

今回の訴えが、沙来の者から出されていたら、由はどう判断したのだろう。『弱き者の味方』をしたのだろうか。

そんな疑念を植え付けてしまった。

由の正しい発言が、空々しくなってしまった。

展は歯噛みする。とめるべきだった。結論が出た時点で、すばやく朝議の終わりを告げるべきだった。安心して、油断したのだ。

――私の失態だ。

自邸に戻った展は、庭の海棠の下で鬱々《うつうつ》と考え込んでいた。話を聞いた璋が、「なんにせよ、正しい結論が出たのであれば、よかったのではありませんか」と慰めた。

「ああ……」

展は力なくうなずく。今回の結果だけ見れば、そうなのだが。

――このさき、なにも起こらぬとよいが……。

憂いは晴れない。いやな予感がする、などと言ったら、璋は笑うだろうか。

海棠の枝を見あげる。黄葉した葉が風に吹かれ、金色の木漏れ日が揺らいでいた。

＊

朝堂を出て屋敷に戻ろうとしていた由は、「わが君」との呼びかけに足をとめた。ふり返れば、沙来出身の卿・州最《しゅうさい》がひざまずいていた。

「わが君、沙来の者としてお礼申しあげます。こたびのご判断、まことに救われる思いがいたしました」

「私は法に則《のっと》った判断をしたまでだ」

由はそう言ったが、心の端に妙なひっかかりを覚えていた。

――もし、こたびの訴えを起こしたのが沙来の者だったなら、私はどう判断していただろうか。

くどくどと感謝を述べる州最を置いて、由はその場をあとにした。朝議にいる者すべてが由の意見を聞き入れ、従った。喜ばしいはずなのに、気持ちはすこしも晴れやかではなかった。これでよかったのか、わからない。

由は英のもとへ向かった。英は庭にいた。ひとりだ。ときおり彼女はこうして、ひとりで庭を散策することを好む。つねにそばに誰かがいる生活が疲れるというのは、由にもよくわかることだった。

「わが君」

英は石竹のかたわらにいた。足もとに細長い葉が生い茂っている。

「いてもいいか？」

問うと、英はくすりと笑う。

「もちろんです」

英はあまり表情を変えない笑いかたをするが、由に対しては、他人に向けてのそれよりもやわらかさがある。まなざしは日なたのようにあたたかい。

由は英のそばまで歩みより、周囲を眺めた。

「いまはたいして花もない。散策しても退屈ではないか？」

赤く、あるいは黄色く色づいた木々もあれば常緑の木もあるが、花はすくない。秋海《しゅうかい》棠《どう》に秋明菊《しゅうめいぎく》、鵯花《ひよどりばな》に杜鵑草《ほととぎす》……この時季に咲いているのはいずれも控《ひか》えめな花ばかりだ。

だが、英はゆるくかぶりをふった。

「すこしも退屈しません。秋には、秋にふさわしい姿があります。庭のにおいも、季節によって違います。それを知るのは、楽しいことです」

とつとつと、英は言った。やはり英の声は心地よい、と由は思う。やわらかく胸にしみ込み、寄り添ってくれるような声音だ。

「そうか」

「わが君は、どの季節の庭がお好きですか？」

「春だな」

由は即答した。「冬から春にかけて、目が覚めたように庭が色づいてゆく……それを見るのが好きだ。とりわけ、木瓜の赤い花は好きだ。花の姿が愛らしい」

由は、胸にぽっと火の灯るような、赤い花が好きだった。激しい赤ではなく、すぐさま消えてしまいそうにか細く、けれどけっして消えない、小さな灯火。そんな花が。

「そなたは？」

「わたしは……」英はすこし迷うように視線を庭に向けた。「どの季節の庭も好きです。それぞれに、似合いの姿がありますから。でも、たしかに春の庭には格別の喜びを感じます」

「喜びか」

「命の芽吹く音が聞こえるような……そんな気がしますから」

由はうなずき、庭を眺める。草木は徐々に眠りにつく準備に入っている。やがて寒さが増せば、庭はしんと静かになる。それが、春が近づくにつれて、命を取り戻したようにあちこちで緑が芽生《めば》え、蕾《つぼみ》がほころび、にぎやかになるのだ。

鳥のさえずりが響き渡った。鈴を転がすような美しい鳴き声だ。由は首を巡らせて梢を見あげる。冴《さ》えた青い翼を持つ、大瑠璃《おおるり》がとまっていた。

「滔滔《とうとう》も、同意しているな」

あれは英の鳥、海神の使いだ。

英が手を伸ばすと、滔滔は梢から飛び立ち、その手の甲にとまる。脚の爪《つめ》がくすぐったいらしく、英は滔滔を肩へとのせた。つぶらな黒い瞳は英に向けられていたが、ふいに由を映す。由はぎくりとした。

この鳥は、しばしば由をじっと見つめてくる。まるでつぶさに観察されているようだ、と思う。検めて、試している。由が領主としてふさわしいかどうか。滔滔の向こうにいるのは、海神だ。――そんな気がして、落ち着かない。

滔滔から顔を背けると、

「どうかなさいましたか」

心配そうに英が訊いてくる。由は、滔滔が怖いのだ――と、率直に言うのは恥ずかしかったが、結局口に出していた。

「滔滔が怖い？」英は不思議そうに滔滔と由を見比べる。「鳥が怖いのですか？　そういうかたがいるのは聞いておりますが」

嘴が怖いとか、丸い目が怖いとか、そういう者はいる。だが、由がほんとうに怖いのは、滔滔を通して見る海神だ。

「海神に、見張られているようで」

「ああ」合点がいったように英は大きくうなずいた。「それは、よくわかります」

「わかるか？」

「滔滔は海神の使い部《つかべ》ですし、この子を通して巫女王も海神も、すべてをご覧になっているのでしょう。そう思うと、わたしだって怖いです。知らぬうちに、なにか失敗していないかどうか、と」

「それだ」由は何度もうなずく。英にわかってもらえたことが、うれしかった。「失敗して、また神罰を落とされたら、と思うと、怖いのだ」

英は目もとを和らげた。

「わが君なら、そんなことはないでしょう」

「わからぬ。さきほどだって――」

言いかけ、はたと口を閉じる。英をうかがうと、彼女は急《せ》かすことなく、ただ黙って微笑していた。

「……さきほども、私は失敗したのかもしれない。あれが正しい判断だったと思っている。だが、海神がどうご覧になるか……」

ぽつりぽつりと、由はかいつまんで朝議での内容を話した。言ったところで、『海神の娘』は政に口を挟めないのだから、言われても困るかもしれない。だが、話すのをやめられなかった。

話を聞いた英は、「そうでしたか」とだけ言った。由の判断が正しいとも、正しくないとも言及しない。それはしてはならぬことだからだ。

英は、じっと由の顔を眺めていた。「お疲れですね」と、労《いたわ》るように言った。その声音が心の奥深くに響いて、じんわりとあたたかくなった。

「わたしにはどんな選択が最良なのかわかりませんし、口出しもできませんが」

そう前置きして、英は言葉をつづけた。

「わが君がよくよくお考えになって決めたことであれば、いいのではありませんか。それに、もし間違っていたとしても、皆、許してくれるでしょう。やり直せばいいだけですから」

秋風が吹いて、梢の葉を揺らした。ふっとさびしさが由の胸に吹き込んで、小さく燃えていた灯火が、揺れた。

英は、由の気持ちを慮って、懸命に言葉をさがしている。励まそうとしてくれているのがよくわかった。そのぬくもりはよく伝わってくる。

だが——と由は目を伏せた。

——間違っては、だめなのだ。

これが伝わらない。やり直しはきかない。失敗したらまたべつの道を選べばいい、そうではないのだ。

政にかかわらない庶人であれば、それは許される。何度でもやり直せばいい。だが、領主に間違いは許されない。ひとつの間違い、言葉の選びかた、態度、そんなもので根本からすべてが崩れさってしまうことだってある。その恐ろしさ。

——この恐怖は、私以外の誰にもわからないのか。

ひっそりと、早くも冬の寒さが胸に忍び込んできたようだった。凍《こご》えそうなのに、胸にあるのは小さな灯火だけ。こんな恐怖をずっと抱えて、寒さに震えながら生きていかねばならないのか。

ふいにぬくもりが手に触れて、見おろした。英が由の手を握っている。彼女は案じるような目で由を見あげていた。

——それでも……。

この身はただひとりきりでも、こうしてそばには英がいる。胸の内の灯火は頼りなくとも、英がぬくもりを与えてくれる。消えそうな火を熾《おこ》してくれる。領主と『海神の娘』というのは、本来、こうした関係なのだろうか。領主の灯火を絶やさず熾してくれる者。

――彼女にとっての私も、そうであったらいい。

由は英にほほえみかけた。

＊

――なにか、まずいことを言ってしまったのかしら。

政務に戻っていった由を見送り、英は自室へ足を向ける。

由は、さびしげにほほえんでいた。英が隣にいながら、まわりに誰もいないような顔をしていた。

――もっと、違うことを言えばよかった？　それとも、なにも言わないほうが？　関係のない話をして、和ませればよかったのか。『海神の娘』は、政に口を出してはいけないのだから。

だから、英はなにを言っていいのか、わからないことが多い。ためらってしまう。これは口出しにはならないか、どこまでが政か。判断がつかないから、あやふやなことしか言えない。

踏み込めないから、英には、由の抱える重荷を理解はできないのだろう。どれだけ理解したいと思っても。

慰め、励ますことはできる。いや、それだけしかできない。だが、そうするほどに由はひとりになってしまうのではないか。さきほどの由を見ていると、そう思えてならない。励ますことは、『あなたが自分でやるしかない、ほかに代わりはいないのだ』──と、改めてつきつけることではないのか。

誰も、由の苦しみをわかってはあげられない。重荷を代わりに背負ってやれはしない。領主は彼以外、いないのだから。

それは、どれほどの孤独だろう。

由はその苦しみを英にぶつけはしなかった。

──ぶつけてくれてよかったのに。

そう思うが、結局、それでいちばん苦しむのは、由なのだ。

なにを言っていいのか、わからない。どう接するのが正解なのだろう。

自室に戻ると、紘が縫い物をしていた手をとめて、あわてて立ちあがろうとした。

「そのままでいいわ」と告げ、英は紘のほうへ歩みよる。

「だいぶできあがってきたのね」

紘の手もとを覗き込んで、英は微笑した。

「はい、おかげさまで」と紘はうれしそうに笑う。

紘が縫っているのは、甥にあげる衣だった。誕生祝いだと言うので、英は絹を用意してやり、手が空いたときに縫うことを許していた。ほかの侍女に対しても、身内の祝いがあると聞けば贈り物を用意し、弔《とむら》いだと聞けば弔慰金を出した。

「いま、逢《ほう》と繁《はん》が厨へ果実をとりにいっております。なんでも上物の山査子《さんざし》と棗があるそうで」

逢も繁も侍女である。ふたりとも英や紘とはおなじ年頃で、四人が集っておしゃべりに夢中になると、『椋鳥《むくどり》の群れのようにかしましい』と璋が渋《しぶ》い顔をする。

逢と繁が器を手に戻ってくる。器には瑞々《みずみず》しい山査子と棗がこんもりと盛られていた。

「おいしそうね」

「厨で毒味をしましたが、おいしかったですよ」と逢が言い、「危うくこの子がぜんぶ食べてしまうところでした」と繁が笑う。

「またそんなおおげさに言って。さすがにあたしだってぜんぶは食べきれないわよ」

「器に盛られたぶんを毒味のぶんだと勘違いして、ぜんぶ食べる気でいたじゃない」

室内に軽やかな笑い声が満ちる。逢は侍女になっていちばんの楽しみはおいしい食事だと言って憚らない少女で、繁はそんな彼女をたしなめつつも面白がっている。ふたりともさほど高い身分の子女ではなく、行儀見習いに領主の屋敷にあがった子たちで、ざっくばらんに話ができる。英が気兼ねせずにすむよう、璋が選んでくれた侍女だった。

毒味もかねて侍女たちがめいめい山査子や棗を頬張り、英も棗の実をひとつ手にとった。赤い実をかじると、しゃりっとした歯触りとともに水気が唇を湿らせる。酸味のあるさわやかな甘さが、さっぱりとして好きだった。山査子の実は棗よりもすっぱい。これはこれでくせになる味だ。いずれの実も赤く、それを眺めていると、英は由が木瓜の赤い花が好きだと言ったことが思い出された。ここの庭にある木瓜の花は、赤くて愛らしい。

「木瓜の実は、食べられるのだったかしら」

黄色い実が生っているのは見た覚えがある。庭の木瓜は食用にはしていないようで、誰もとる者がなく、鳥がつついて食べていた。

「そのままですと、硬いし、えぐみがあってあんまりおいしくありませんよ」

と言ったのは、逢である。「食べたのね」と繁が笑う。

「だって、おいしそうに見えたんだもの。黄色に輝いていて……」

英は、秋の薄い陽の下で金色に輝く木瓜の実を思い返した。たしかにおいしそうで、そして、神々しかった。金のとれるこの沙文で、金色の花や実は、海神の祝福を受けたもののように思えた。

「お酒や蜜に漬けるといいんですよ」

紘が言った。「うちではよくそうしてます。薬にもなる実ですから、体にいいですし」

「おいしいの？」すかさず逢が身を乗りだした。

「おいしいわよ。木瓜酒はまろやかで、いいにおいがして、甘酸っぱくて」

「わあ、いいわねえ。飲んでみたい」

「ここの庭の実でも作れるかしら？」英が問うと、紘は首を傾げた。

「どうでしょう。もうだいぶ、鳥がかじってしまっていますから。きれいな実を選んで、漬けてみましょうか」

そうしよう、と盛りあがる。逢がいちばん乗り気だった。さっそく庭に繰り出し、木瓜の梢に鈴なりに生っている実を皆でもいだ。鳥が半分食べてしまった実もあれば、虫食った実もあり、侍女たちがきゃあきゃあ言いながら選んでとる。

笊《ざる》に山盛りにしたところで、「とりあえず、今年はこれだけ漬けてみましょう」と紘が言った。

「おいしいものができるかわかりませんし。半分は蜜漬けにしましょうか」

「木瓜酒ってどれくらいで飲めるようになるの？」

「よく熟成させたほうがいいから、早くて半年、でも一年くらいは待ったほうがいいわね」

ええ、と逢は不満げな声をあげた。「そんなに？」

「来年の楽しみにしましょう」

英は金色の実を手にとり、微笑した。いい木瓜酒ができたら、由に飲ませてあげたい。果実に顔を近づけると、ほのかに甘酸っぱい香りがした。

幾日かたったあと、英のもとへ紘が酒瓶《さかびん》を手にやってきた。陶製の、紘が抱えられるくらいのこぶりな瓶である。

「こちらを英様にと、預かってまいりました」

紘はできあがった甥の衣を実家へ届けにいっていた。実家から、ということか。と思っていると、「嫂《あによめ》の兄からです」

「あなたの嫂の……お兄様？　なぜ？」

「嫂の兄──申胥《しんしょ》といいますが、彼は沙文の寒氏の娘と結婚しました。寒氏が亡くなってから、叔父に土地を寄越せと責められておりまして……」

「ああ、あの」英は由から聞かされた揉《も》め事《ごと》を思い出した。

「あなたの親戚だったのね」

「はい。胥兄さんはずいぶん困っていたんですけど、わが君がきちんと正しい判断をしてくださって、とても感謝しておりました」

ありがとうございます、と紘はうれしそうに笑う。

「それで、英様が木瓜の実に興味をお持ちで、木瓜酒を作ったと話したら、『じゃあうちで去年漬けた木瓜酒をぜひご賞味いただきたい』と言いますもので」

と、酒瓶を掲げる。ちゃぽんと音がした。

「とってもおいしいんですよ、胥兄さんが漬けた木瓜酒」

「それはいいわね。ぜひいただくわ」

英も顔をほころばせた。注いでもらった木瓜酒はたしかに自慢できるほど美味だった。杯に満ちた酒は淡い褐色で、顔を近づけるとふわりと果実の香りが漂う。舐めるようにしてそっと口に含んでみると、甘く、かすかに渋みのある奥深い味がした。

「おいしい」英は感嘆の声をあげる。「これは、わが君にも飲んでいただかなくては」

「ええ、ぜひ」紘は喜びに相好を崩した。

その晩、英はさっそく由に木瓜酒をすすめた。ひとくち飲んで、由は唇に笑みを浮かべる。

「なるほど、これはおいしいな」

英はうれしくなる。紘の持ってきたものなので、いくらか誇らしくもあった。

「よかった。では、明日から夕餉の膳《ぜん》に加えましょうか」

だが、由は困ったように微笑した。

「いや……それはやめておこう」

「なぜです？」

由は杯を置いた。たったひとくち飲んだだけである。

「そなたが飲むのはかまわない。だが、私がこの贈り物を楽しんでは、賂《まいない》を受けとったのと変わらぬ」

「そんな……でも……」小さな酒瓶ひとつの、手作りの酒である。高価なものではない。

「そなたの心遣いはうれしい。この一杯は、そなたからの贈り物だとして受けとろう」

杯を満たす褐色の酒には、窓から月光が降りそそいでいる。金色に輝いて見えた。

英は由の横顔を眺める。美しい鼻筋。やさしげな目もと。瞳には、索漠とした翳が落ちていた。

――なんてさびしい目をするのだろう。

英は胸を衝かれた。こうしてそばにいても、この人はひとりだ。

それは同時に、英がひとりであるもおなじだった。

由のさびしさを埋めるものはないのだろうか。領主であるかぎり、彼は誰にもよりかからずひとりであることを定められているのだろうか。

――では、領主の伴侶《はんりょ》たる『海神の娘』とは、なんなのだろう。

わたしは彼に、なにができるのだろう。

己に問うても、答えは見つからない。霊子に訊けば、わかるのだろうか。海神に訊けば。

外に目を向ければ、満月が皓々と輝いている。この光が由の心の奥まで、しみ入るように照らしてくれたらいい、と祈った。

＊

その知らせが入ったのは、夜更けのことだった。由は英とともに寝所で眠っていたが、急を知らせる使いがやってきて、飛び起きた。急使は令尹・展が寄越した者だった。

「なにが起こったのですか……?」

目をしばたたきながら身を起こした英に、由は「そなたは寝ていろ」と告げてすばやく夜着の上に衣を羽織り、寝所を出た。英は不安げな顔をしていたが、安心させる言葉をかける余裕はなかった。

——寒会が申胥に殺された。

急使が告げた事態は簡潔かつ最悪だった。さほど間を置かずして展がやってきた。夜半だからではないだろう、青ざめた顔をしていた。

「詳細は」

屋敷内の一室に入り、由は短く問うた。

「私もまだ一報を聞いただけで、どこまで正確かわかりませんが」と前置きして、展は説明した。

領主の判断がおりたものの、寒氏はそれを不服として、役人や卿に陳情していた。だがさすがに領主の決めたことが覆ることはない。誰からもかんばしい返事をもらえなかった彼は、暴挙に出る。雇ったごろつきを率いて姪《めい》とその婿・中胥を襲ったのだ。彼は姪を略奪し、中胥を殺すつもりだった。

だが、逆上した中胥に返り討ちに遭い、刺し殺された。

中胥はすでに捕縛されている。

「当人から事情を訊こうと思いますので、城内の牢屋《ろうや》へ身柄を移すよう指示しております。面倒なことになるでしょうから」

展はこれからさきの事態が目の前に見えているかのような顔で、深いため息をついた。

「どう裁きがくだろうとも、いずれの身内も黙ってはおりますまい」

由は額を押さえる。

「身内どころの話ではあるまい……。下手をすれば、沙文と沙来の民のあいだで争いが起きる」

ぞっとした。沙来の民が、沙文の民を殺したのだ。その原因は沙文の民にあり、彼は沙来の民から不当に財産をとりあげようと画策していた——。

沙来の民と沙文の民、両者が怒りを募《つの》らせ、こぞって争いに加担すれば、とんでもないことになる。由は沙来の領があったころの戦を知らないが、ふたたびそんな事態になるかもしれないのだ。

「ですから、対処を誤るわけにはいきません」

厳しい顔つきで展は言った。こぶしを握りしめ、由のほうに身を乗りだす。眉間に皺が深く刻み込まれていた。

「一手も間違うわけにはいかないのです。私も、あなた様も。よろしいですか」

展の気迫に呑まれ、由はただうなずくしかなかった。緊張に舌が乾いていた。

「私は先代の令尹から、この領の行く末を託されているのです。ここで滅ぼすわけにはいかない。あなた様のことも、累様から頼まれています。ですから、必ず——」

「累?」

なぜここで累が、と由はいぶかしむ。展は、はっと瞳を揺らして言葉をとめた。ふだん動揺しない彼が、めずらしくうろたえている。

「累様が、お亡くなりになる前に。あのかたは、あなた様の養育係でしたから。くれぐれもよろしく頼むと、そうおっしゃっていました」

「ああ……」

そんなことを頼んでいたのか、と思うと、ふいに懐かしさがこみあげた。胸がつんと痛む。由はかぶりをふった。

――いまは懐かしんでいる場合ではない。

「私も領主として、この領を荒廃させるわけにはいかない。――どう対処するつもりだ？　そなたの考えを教えてくれ。足並みをそろえて、誤った手を打たぬようにせねばならぬ」

由の言葉に、気負ってこわばっていた展の表情が、すこしゆるんだ。眉間の皺が浅くなり、目もとが和らぐ。

「大事なのは、双方の感情を逆撫《さかな》でしないことです。寒一族の長と沙来の長、集団を宥《なだ》められるまとめ役に話を通しましょう。罪に対しては、粛々《しゅくしゅく》と法に則った対処をします」

「沙来の長というと……」

「夙氏です。彼なら沙来の者たちからの人望も厚いですし、沙文の者たちも一目置いています」

由もその人物は知っていた。うなずくと、展はじっと由の目を見た。

「わが君、申胥の処罰に関しては、どうお考えですか」

目をそらしてはなるまい、と由は展の目を見すえた。

「人を殺《あや》めた者は、死罪と決まっている」

その言葉に展は安堵の色を見せた。由は、己が発した言葉に、胸を裂かれた。

――私は、なにを間違ったのだろう。

どうしてこんな言葉を発さねばならなくなったのか。なにが悪かったのか。

胸から見えぬ血が流れている。

「中胥は死罪。寒会にも数々の罪がありますから、骸は市に晒します。これを卿たちに伝え、納得してもらいます。寒一族の長と夙氏にも呑んでもらわねばなりません。これについてはそれぞれに親しい卿を通じて、場合によっては私も話し合いに向かいます」

心のなかに嵐が吹き荒《ふすさ》び、胸を切り裂き、血が流れている。その痛みに叫びだしたいのをこらえて、由は展の話を聞いていた。

卿たちに召集をかけるあいだ、由は寝室へ着替えに戻った。なかへ入ると、英が着替えをすませて待っていた。由の衣を用意してある。

「起きていたのか」

「令尹からの急使とうかがったので、よほど差し迫っているのでしょう。寝ていられるものではございません」

英は心配そうに眉をひそめている。「いま白湯《さゆ》を用意しておりますから、それと干果でも召しあがってください」

食欲はなかったが、考えるためにも食べられるときに食べておかなくてはならない。由は礼を言って、衣を着替えた。

夜更けに火を熾すのはたいへんだろうに、白湯は着替えているあいだに届いた。干した棗が添えてある。白湯を飲むと腹のなかがあたたまり、棗の甘さに頭がすっきりする。肩の力が抜けて、ほっと息をついた。

英が由の手をとり、己の手で包み込むと、指先をさすった。冷えた指があたたまってくる。そうしてはじめて、指がこわばっていたことに気づいた。

——私のしたことは、間違っていたのだろうか。

そんなことは、英には訊けない。政の判断を問うてはならない。だが、英が静かに、丁寧に指をさするたび、労りの思いがしみ込んでくる。さきほどとは違う痛みが由の胸を刺した。視界が潤んでくる。由はまぶたを閉じて感情を逃がした。英にすがりついて許しを請《こ》いたい。なににについての許しかは、自分でもわからなかった。

「……ありがとう」

どうにか声を絞りだすと、英は黙ったままほほえみ、かぶりをふった。

＊

英は薪のはぜる音にふり返った。回廊には常になく篝火《かがりび》が焚《た》かれ、あたりを照らしだしている。夜更けだというのに人々が忙《せわ》しなく立ち働く音が聞こえる。容易ならざる事態が差し迫っているのが、屋敷内の様子からもわかった。

侍女たちも起きてきたが、明日に備えて休んでいるよう伝え、英は落ち着きなく歩いていた。屋敷内のことは璋がすべて取り計らってくれている。いまは、由と急遽召集された卿たちのために食事を用意させていた。璋はほかの侍女たちのようにここに居を置かず、自邸から通ってきているが、今回は展とともにすぐさま駆けつけた。実務面において、英はなにもすることがない。したがって、なにが起きているか璋から説明は受けたものの、詳《つまび》らかには知り得なかった。

――申胥が寒会を殺した。

そう聞いてまず英の脳裏に浮かんだのは、紘だった。申胥は彼女の嫂の兄。木瓜酒をくれた人。うれしそうに語っていた紘の顔がよぎる。

――どうしてこんなことに。

人を殺せば死罪だ。申胥もそうなるだろう。

――わが君……。

由は苦しげな顔をしていた。彼は正しい判断をしたはずなのに、なぜこんなことになったのか。英にはわからない。きっと由にも、わからないのだ。

由の胸中を思うと、やるせなかった。彼はいつでも懸命に、正しくまっすぐであろうとしているのに。慈悲の心を持つ、公明正大な領主だ。霊子にも海神にも、それは伝わっているはず。どうして、彼は苦しまねばならないのか。

——どうか、大過なくすみますように。彼が報《むく》われますように。

祈りながら、うろうろと回廊を行ったり来たりする。

「英様」

声をかけられ、英はふり返る。こわばった顔の絃がいた。篝火の火影にも青ざめているのがわかる。

絃は英のもとへとよろめくように駆けよった。転ぶかと思い手を伸ばした英に、絃はすがりつく。

「お助けください、英様。胥兄さんを、どうか……！」

絃の声はうわずっていた。英は固まる。

「英様なら、どうにかなりませんか。胥兄さんは悪くないんです。死罪なんてあんまりだわ。どうか、助けて……英様にしかお願いできません。どうか、彼の命を助けてください」

絃は涙を浮かべて、必死に言いつのる。英の肩のあたりを握りしめ、揺さぶった。英の耳飾りが揺れ、玉の触れ合う美しい音が、場違いに響く。英は呆然としていた。絃が申胥の助命嘆願をするとは、思っていなかったのだ。英に、『海神の娘』にそんなことを頼むのは、あまりにも弁えを知らぬ所業だった。

それほどまでに取り乱しているということか。

――いや。

英ならなんとかしてくれると思っている。必死に頼めば法も覆ると思っている。

紘と英の仲だから。

英は、頭から冷水を浴びせられた気分だった。思い知らされた。間違っていたのは由ではない、英だ。

紘に甘えさせ、一線を越えさせているのは、英だ。

――わたしのふるまいが、間違っていた。

立場を弁えず、友人同士のように仲を深め、楽しく過ごしていた。病に苦しむ紘の身内を助けた。よかれと思って。

だから紘は、今回も助けてくれると思っている。

そんな希望を抱かせたのは、英の罪だ。

「紘、なにをしているの！　おやめなさい」

璋が血相を変えてやってきて、英から紘をひきはがした。紘は泣き喚く。璋はほかの召使いたちを呼び、紘を一室に閉じ込めるよう告げた。紘の泣き声が遠のき、璋がため息をついてふり向く。

「大事はございませんか、奥方様」

璋はけっして『英様』などとは呼ばない。いつ何時でもしかつめらしい顔をして、『奥方様』と呼ぶ。

英は震えて声が出なかった。わずかにうなずく。璋は眉をひそめると、英の背中に手を置いて、「どうぞ、お休みくださいませ。お疲れでございましょう」と自室に戻るよう促した。

英は奥歯を噛んで震えをこらえ、息とともに声を吐きだす。

「……紘に、伝えたいことがあるのだけど」

璋はなにか言いかけ、口を閉じる。それからふたたび口を開いた。

「承知いたしました。紘のもとへご案内します」

紘は侍女の部屋とは別の、薄暗く狭い一室に見張り役とともに押し込められていた。英を見ると、ぱっと顔を明るくして駆けよろうとする。それを見張り役が押しとどめ、璋が立ちはだかる。紘は璋たちをにらんだ。

「あたしは英様に危害を加えようとしたわけじゃありません。こんな扱いを受けるいわれはないわ。英様、どうか誤解をといてください」

「……紘」

英は暗い気持ちで、何度もうつむきそうになるたび視線をあげる。きちんと告げねばならない。

「紘、わたしは、申胥を助けられない。助命はできないわ。それを決めるのはわたしではないし、なにより法で人を殺めれば死罪というのは決まっているから」

紘は、ぽかんとした顔で英を見ていた。英も彼女を見返す。目をそらしてはならない。

言われた内容を理解した様子の紘の顔は蒼白《そうはく》になり、みるみるうちにまた涙が目に盛りあがった。

「う、嘘でしょう。英様。助けてくださるでしょう？　あの木瓜酒を作ってくれた人ですよ。英様だって、喜んでらしたじゃありませんか。沙来の民ですよ。おなじ、沙来の――」

英は黙って唇を噛む。英が意見を変えぬと悟り、紘の顔は蒼白から紅潮していった。すばやく璋があいだに入る。見張り役も動いた。紘は、英に飛びかかろうとしたのだ。

「嘘つき！　あたしたちの味方じゃなかったの？　裏切り者！　おなじ沙来の民のくせに、あたしたちを見捨てるの⁉　裏切り者――！」

璋が無言で英の肩を押し、部屋の外へと出す。金切り声をあげる紘は、見張り役に羽交《はが》い締《じ》めにされていた。裏切り者、と何度も叫ぶ声が、英の耳にこびりつく。

「……勘違いさせて、わたしが悪かったんだわ。もっと、慎重にならなくてはいけなかったのに。ひとりでいるべきだったのに。わたし……」

気づけば、埒もないことをくり返しつぶやいていた。璋は無言だ。ただ背中にあてられた手があたたかく、やさしかった。

――思いやりというものは、こういうものなのだ。

英は涙がこみあげてきた。ぐっと奥歯を噛みしめる。

親しげにふるまい、なんでも与えて、やさしくものわかりのよい主人を気取っていた。厳しさなど持ち合わせなかった。孤独が怖かった。由の孤独を他人事のように捉えていた。

――わたしも、ひとりだ。

そうでなくてはならないのだ。

璋の手が背中を撫でおろす。こらえきれず、英は涙をこぼした。

＊

「沙来の民に情けなどかけねばよかったのだ」

集められた卿たちのうち、寒会に肩入れしていた者は、『それみたことか』という態度を隠さなかった。

由は展とともに彼らの言い分に辛抱強く耳を傾けた。彼らに納得してもらえぬようであれば、民に理解してもらうことなどなおさらできはしない。

「わが君は情けをかけたわけではなく、法に則っただけであろう」

反論したのは、慶成である。彼は沙来の夙氏の娘を娶っている。

「その結果がこれではないか」

「招いたのは寒会自身だ。わが君の判断を不服として、申胥を害そうとした罪は重い。寒会を宥められなかったあなたがたにも責任があるのでは？」

慶成の遠慮のない言葉に、卿たちはぐっと詰まっている。

「そもそも寒会の言い分を朝廷にまで持ち込んだのが間違いだ。だから彼は思い上がってしまった。最初から取り合わなければよかったのだ。だいたい——」

「慶成」

鋭く責め立てる慶成を、展が制した。

「その辺でいい。他人から指摘されずとも、皆、わかっていることだ。おのおのが顧みて己を恥じればいい。ここに座る者はそれができる器を持っているはずだ」

展は一同の顔を眺めた。誰もが目をそらしてうつむいた。その様子を見て、由はすこし安堵する。彼らはまだ、自分を顧みることができる。

「起きてしまったことは、もうやり直せない。このさきのことを考えねばならぬ」

このさきのこと、と卿たちのあいだでつぶやきが洩れる。

「さしあたって最も恐れるのは、民たちが勝手な暴挙に及ぶことだ。沙来の民、沙文の民を問わず。沙来の民からすれば、寒会のやったことはあまりに非道で、腹に据えかねるだろう。沙文の民にとっては、理由はどうあれ同胞が殺されている」

卿のひとりが挙手した。沙来出身の州最だ。

「どちらかといえば、沙来の民のほうが危険ではありませんか。これまで溜《た》まった鬱憤《うっぷん》もありますから。一斉蜂起《ほうき》もあり得るやも――」

一斉蜂起のひとことに、卿たちのあいだにざわめきが起こる。

「そのとおりだ」

展が言い、卿たちは口を閉じた。しんと沈黙が落ちる。

「沙来と沙文のあいだで衝突が起きれば、それはかつての戦とおなじ。忘れてはいまい。このふたつの領がそれでどうなったかを」

神罰に蹂躙されたふたつの領。由はその姿を覚えてはいない。だが、卿たちは皆、それを目の当たりにし、記憶に焼きつけられている。彼らの顔はいちように青ざめていた。

「それに、沙来と沙文の民とのあいだで通婚も盛《さか》んで、いまはどちらか一方に与《くみ》するという立場にない者も多い。領を二分するような諍いになっては、彼らを引き裂いてしまう。ようやくここまで来たというのに」

展の顔に一瞬、悔しさがにじむ。彼は沙来と沙文の民とを取り持つことに腐心してきた。由が物心ついたころには、すでに両者の通婚は頻繁に行われていたが、そこに至るまではそうとうな苦労があったろう。

「二度と、この地に神の雷を落とすようなことになってはならぬ。おのおのがた、その思いはおなじであろう」

展がふたたび一同の顔を眺める。渋面や難しい顔の者もいたが、皆うつむくことはなかった。

――一致した。

神罰を避けること。この点において、全員の意見は一致している。相通じる理念があれば、それを要《かなめ》として結束できる。ほかの部分で隔《へだ》たりがあっても。

展がちらと由を見た。由はうなずく。展は卿たちに向き直った。

「では、暴挙に走る者が出ぬよう、寒一族の長と夙氏に抑えてもらう。そのためにそれぞれへ話を通してもらいたい。ひとまず私の部下がさきに双方へ向かっているが――」

展は寒一族と姻戚関係にある卿と、州最、さらに慶成にその役目を言いつける。

「ひとつよろしいですか」

寒一族のほうに出向いてもらう卿が手を挙げる。

「中胥の処罰はどうなさるおつもりですか。それ次第で長の態度も変わってきます」

展が返答しかけたが、由はそれを制して口を開いた。

「法のとおり、人を殺めた者は死罪だ」

はっと、その場に緊張が走る。皆の目がひたと由にすえられた。

「では、寒会の罰はどうなりますか」

こう訊いたのは、慶成である。

「棄市《きし》とする」

この返答には、うなり声と安堵の息が混じった、ひそやかなざわめきが広がった。

「私の裁断に背いてなおも土地を手に入れようとしたこと、人の略取を企てたこと、人の殺害を目論んで徒党を組んで襲ったこと、いずれも重罪である。当人が死んでいる以上、罰は骸《むくろ》を市に晒すほかない」

淡々と罪を数えあげ、法に照らした罰を示す。慶成は首を垂れて「承知しました」と言った。

「それで夙氏を説得しましょう」

慶成は請け合う。隣で州最は、まだ不安げな顔をしていた。

「夙氏は話のわかる御仁ですから、それですむでしょう。しかし……」

「問題が？」

展が尋ねる。

「若い者のなかには、血気盛んな、歯止めのきかぬ者もおります。夙氏でとめられるかどうか」

展の視線が慶成に向けられる。慶成も難しそうな顔を見せるが、「なんとか説得できるでしょう」と言う。

「彼らのなかには、沙文から嫁をもらっている者もいます。腹を割って話してわからぬ者たちではありません。根がやさしい、まっすぐな者たちゆえ、血がのぼりやすいのです」

つまりは、ひとつ間違えばそのまっすぐな気性に火をつけてしまう、ということだ。由はひやりとする。そういった者たちがいちばん危うい。まだ損得勘定で動く者のほうが扱いはたやすいだろう。

「ともかく、早々に彼らに話をつけたほうがいいでしょう。すぐにでも——」

慶成が腰をあげかけたとき、あわただしく扉が開かれ、急使が飛び込んできた。たいへんです、と急使は口角から唾を飛ばして叫んだ。

「沙来の若者たちが、正門に押し寄せています」

朝堂にいたすべての者が、いっせいに腰をあげた。

城内は東北方面が市や民の居住区画となっており、西南に官衙や朝堂といった政の場がある。さらにその奥が領主の屋敷である。各区画は門で行き来が制限されている。『正門』といったら、居住区と官衙とを隔てる門のことだった。そこに沙来の若者たちが押し寄せている。突破されては一大事だ。

——いちばん恐れていた事態だ。

由はひそかにこぶしを握りしめる。このまま暴動に発展してしまったら、もう取り返しがつかない。

展が由の腕にひそかに手を添えた。その顔を見れば、まなざしには固い決意のような光があった。由は展の思いを理解する。

——そうだ。一手も誤ってはならない。

最も大事な局面に立っている。

由は展に向かって小さくうなずき、深呼吸をした。

展は慶成に夙氏を呼んでくるよう命じ、寒一族のもとへも予定していた卿を送りだした。若者たちを宥める役目は、州最に頼む。彼は自信なさげではあったものの、「なんとかやってみます」と青ざめた顔に緊張をにじませて承知した。

「わが君は、ほかの卿たちとともに朝堂でお待ちください」

私も行く、と言いかけたのを察したように展はそう告げる。

「しかし——」

夜明けにはまだ遠く、あたりは闇に包まれている。州最が灯籠《とうろう》に火を灯そうとしているが、手が震えており、なかなかうまく灯らない。見かねてそばにいた卿のひとりが火を灯した。

展が、「彼には私が同行します」と言った。

「それは、ならぬ」

思わず、由は言っていた。いやな予感がした。展をこの暗闇のなか、行かせてはならない。

展は由を見て、目もとを和らげた。

「大丈夫です。令尹としての役目を果たしてまいります」

涼やかな身のこなしで、展は去っていった。どこかで鳥の鳴き声がする。こんな夜更けなのに。梟《ふくろう》などの声ではない。美しい小鳥のさえずりだ。それを聞くともなしに聞きながら、由はその場に立ち尽くしていた。

「わが君」とほかの卿に朝堂に入るよう促されるが、動けずにいる。灯籠の明かりが遠のき、展たちは離れてゆく。

——これでいいのか？　私が行かないのが正解なのか。行っては、混乱させてしまうのか。

だが、沙文の令尹が赴くことも、やはり相手がたを刺激することにはならないか。

いっそ、領主が言葉を尽くすほうがいいのではないか。

頭のなかで、考えが錯綜《さくそう》している。なにが正しい道かわからない。間違えたら、取り返しがつかない。

「わが君――」

鳥の羽音がする。その音に導かれるように、由の体が傾いだ。

「なにをしている！」

暗闇に白刃がきらめくのを見た。ひとりの卿を、ほかの卿たちがしがみついて取り押さえている。取り押さえられた卿の手には、短剣が握られていた。領主と同席する朝堂には当然、剣は持ち込めない。ふところに隠し持っていたらしい。

その卿は、寒会に肩入れしていた卿だった。どうも賄賂《わいろ》を受けとっていたようだ、と聞いている。

「なにが海神に祝福された領主だ！」

彼は地面に押さえつけられながら叫んだ。

「災厄を呼びこんでいるではないか。沙来の民などを贔屓して。不祥の領主。わが君は災禍の君だ！」

呪詛《じゅそ》の言葉のように、彼の吐く言葉は禍々《まがまが》しかった。由はくらりとめまいがする。

――不祥の領主。私が。

由はあとずさった。

ふと、耳もとでまた鳥の羽ばたく音がした。鳥などいないのに。顔をあげて左右を見まわす。一羽の鳥が目の前をよぎった気がした。

——滔滔？

いや、違う。あんな鮮やかな青い翼はしていなかった。まるで違った色、茶褐色の翼だ。

鳴き声が響く。美しいさえずりだが、やはり滔滔のものとは違う。だが、聞き覚えのあるさえずりだった。これは——。

ふいに右肩があたたかくなった。なんだろう。そっと手を置かれているような。

剣を持った卿が、めちゃくちゃに手足をふりまわして暴れる。彼を取り押さえていた卿たちが虚を衝かれて身を引く。その手がゆるんだ隙に、彼は立ちあがり地面を蹴った。由に向かって突進してくる。

その瞬間、暗闇に閃光が走った。光が炸裂《さくれつ》して、由はとっさに腕で顔を庇う。地面を引き裂くような、すさまじい轟音が響いた。

焦《こ》げ臭《くさ》いにおいがする。薪が燃えるのとはわけが違う、この異臭。遠い昔、嗅いだ記憶が、かすかに残っている。

人の焼け焦げるにおいだ。

「ひぃ……っ」

誰かの声にならぬ悲鳴が聞こえた。目を開けると、暗闇のなか、薄い煙が見える。おそらくその下にある黒い塊は、さきほどの卿だろう。もはやまったく原形をとどめていなかった。握っていた剣は雷に打たれた拍子《ひょうし》にはじけ飛び、朝堂の柱に突き刺さっていた。

「し、神罰……」

つぶやく声がして、誰からともなく、卿たちはひざまずいた。畏怖《いふ》の目を由に向け、同時にそこには尊崇《そんすう》の光もあった。卿たちは由に向かって額《ぬか》ずく。

由はあとずさりかけ、踏みとどまる。

――私は、領主だ。

どうするのが最良か、考えなければならない。

由は正門のある方角に顔を向けた。

「沙来の民のもとへ向かう。やはり私が彼らを説き伏せるべきだ。彼らはすでに、私の領民なのだから」

きっぱりと告げると、卿たちは「はっ」と拝礼した。

「明かりを持って、ひとりかふたり、ついてまいれ。それ以外の者は、ここで待て」

言い置いて、由は駆けだした。明かりがなくとも、どこを走ればいいか、不思議とわかる。一羽の鳥が目の前を先導している気がした。もうわかる。あの鳥は、浅浅だ。累が死ぬとともにどこかへ消え去った、累の鳥だ。海神の使い部。

――では、さきほどのぬくもりは？

由は右肩を撫でる。そこがいまもぬくもりを持っている。誰かがそばにいてくれる。そう感じた。

正門に着くと、展と州最の姿が見えた。扉越しに相手側と問答をしているらしい。展が由に気づき、めずらしくぎょっとあわてた顔をした。

「わ——わが君。どうしてここに」

「やはり私が来るべきだと思ったのだ」

展は由の顔をまじまじと眺める。

「わが君、さきほど雷が落ちはしませんでしたか」

州最が問う。「すさまじい光と音がしたもので……ですが、雨も降っておりませんし、あれ以外に落雷の様子もなく、不思議で」

「たしかに雷が落ちた。だが、それはあとでいい。火事の心配もない。いまは向こう側が問題だ」

由は扉に目を向ける。展と州最も扉に向き直った。

「おい、どうした！　話はもう終《しま》いか。だったら、この扉をぶち破るぞ」

扉の向こうから荒々しい声が響く。若い男の声だ。大きな扉には閂《かんぬき》がかかっているが、道具を用いて大勢で押し込まれたら、そう時もかからず開いてしまうだろう。

男の声の調子から、話し合いがうまくいっていないことはわかった。

「向こうの要求は？」

端的に由は訊く。

「申胥の解放です」展が答える。「悪いのは寒会だから、無罪放免にせよと」

「あちらの人数は？」

「いまは三十名ほどですが、ぞろぞろと増えてきています。夜が明ければもっと増えるでしょう」

展は難しい顔をしていた。

「申し訳ございません。私にもっと説き伏せるだけの力量があれば」

州最は青ざめ、力なくうなだれていた。

「いま扉を破られていないだけでじゅうぶんだ。あとは私の役目だろう。領民を納得させるには、領主が前に出ねば」

はっと、展が目をみはる。「わが君、まさか――」

「扉を開けよ」

「それはなりません。危険が――」

「大丈夫だ。累がついている」

展は口を閉じる。由の横顔を黙って見ている。

「おい！　どうした！」

扉がたたかれる。口々に罵る声が聞こえる。由は息を吸い込んだ。

「聞こえている」

声を張りあげた。向こう側の音がやむ。

「私は沙文の領主だ。いまから扉を開ける。そなたらと直《じか》に話がしたい」

扉の向こうがざわついた。やがて、代表者らしき者の声がした。

「ほんとうに、沙文の君なのか？　俺たちはあんたの顔を知らない」

疑《うたぐ》り深《ぶか》い声だった。

「証明するすべはある。扉を開けるが、よいか？」

また、しばし相談するようなざわめきがかすかに聞こえる。

「——わかった。あんたが偽者だったら、容赦しない。このままなだれ込むだけだ」

「それでいい。では、開ける」

由は展に目配せする。展はこわばった表情ながら、州最とともに閂を外した。扉が開かれる。

松明《たいまつ》を掲げた若者たちが、そこには並んでいた。十七、八から二十代半ばくらいまでの青少年たちだ。一歩前に出た大柄な青年が、彼らの代表者らしい。負けん気の強そうな、しかし澄んだまっすぐなまなざしが印象的な青年だった。

青年は由の顔にひたと視線をすえ、さぐるように凝視してくる。

「あんたが沙文の君だと、証明するすべってのは？」

「さきほど雷が落ちたのは知っているか？」

青年はいぶかしげに眉をひそめながらも、うなずく。

「光がまたたいて、ものすごい音がした。地面が揺れるくらいの音だった」

由はうなずき返し、

「あれで沙文の卿のひとりが死んだ。私を殺そうとした卿だ」

その言葉に「なんですって」と反応したのは、展だった。

「どういうことです。殺そうとした？　いったい誰が――それが、落雷で死んだと？」

「短剣を隠し持っていた。私が沙来の民を贔屓する不祥の領主だと、災厄を呼びこんだのは私だと、斬りかかってきた。突然雷が落ちて、彼を殺した」

淡々と、由はありのままを語った。しん、と沈黙が落ちる。

「つまり」

由は若者たちを見まわした。

「私を害そうとすれば神罰が落ちる。私が本物の領主かどうかたしかめたいなら、斬りかかるなり、殴りかかるなりすればわかる。本気で害そうという気がなければ、命まではとられぬやもしれぬが、それは私にはわからぬ。海神の機嫌次第であろう」

若者たちの顔に、恐れと迷いが広がった。

「俺がたしかめる」

代表者の青年が、一歩前に進み出た。庚、とまわりにいた若者たちがうろたえている。

青年は庚という名らしい。

庚は由の目の前に立つ。展と州最があわててあいだに入ろうとするのを、由は手をあげてとめた。

「わが君――」怒ったような声で展が呼んだとき、それに被さるように鳥のさえずりが響き渡った。

鶺鴒のさえずりだ。

「こんな夜更けに、鳥だと?」庚が不審そうに周囲を見まわす。

さえずりは高く細く、長く響いている。美しい音色だった。

由の耳もとではばたきの音がする。この、胸がしめつけられるような気持ちはなんだろうか。懐かしく、慕わしい、ただしがみついて泣きだしたくなるような。

「累様の鳥だ」

どっしりとした声音が、すこし離れたところから聞こえた。駆けよってくる数人の足音もする。展がそちらに灯籠の明かりを向けた。六十過ぎだろう、白髪の老人が近づいてくる。老人といってもしっかりとした足どりで、体格もよく、深い皺の刻まれた顔は精悍《せいかん》で雄々しい。うしろで慶成が灯籠を掲げ、ついてくる。

——夙弓か。

夙弓は居並ぶ若者たちの顔をじろりとねめつけた。彼らはそろって身をすくめ、打ちしおれたようにうなだれる。庚だけがしっかりと顔をあげて、夙弓を真っ向からにらんでいた。

「庚。馬鹿なことを」

夙弓は庚を叱りつける。びりびりと肌が震えるほどの迫力があった。しかし庚は萎縮《いしゅく》するどころか、胸を張って夙弓を見すえる。

「夙の伯父貴。あんたの言うことなんか、俺は聞かねぇよ。沙文のやつらに尻尾《しっぽ》ふりやがって、情けねぇ」

「庚——」

チリリ……と鶺鴒の鳴き声が響く。夙弓ははっとしたように目をみはり、すぐさま由に向かって膝をついた。

「おひさしゅうございます。わが君」

由は戸惑う。

「私は……そなたと会うのははじめてだと思うが」

「いえ」展が口を挟んだ。「二度目でございます」

夙弓はやさしげな笑みを唇に浮かべる。

「わが君がまだ幼少のみぎり、お会いしたことがございます。累様に抱えられておいでした」

「累……そうか、累に会ったことがあるのか」

「この鳥の鳴き声は、累様の鳥でございましょう。累様がわが君を守っておられる」

由は微笑を浮かべた。右肩を押さえる。「そうだな」

「『累』って誰だよ?」

庚が不満そうに言った。「馬鹿者」と夙弓は叱責する。「『海神の娘』だ。わが君の養育にあたっておられた。話したことがあるだろう」

「名前なんて覚えてねぇよ。だが話は知ってる。『海神の娘』が伯父貴たちを説き伏せて、沙来の民は沙文の傘下にくだったんだ。情けねぇ」

「何度言ったらわかる。それは違う。累様はともにこれからの沙文を作ってほしいとわれらに頼んだのだ」

「なにが『ともに』だよ」庚は吐き捨てた。「結局俺たちはよそ者で、不当に土地を奪っていると思われてるんだ。安い賃金で雇われて、物を売っても正当な取引はしてもらえない。なにかあったら俺たちのせい。もううんざりだ」

「それはすこしずつ是正されているだろう。央だって牙儈として尽力している。不当なことがあれば申し出れば――」

「そのあげく、申胥は人を殺しちまったじゃねえか！」

庚は叫んだ。悲鳴のようだった。

「向こうが悪いのに。殺されそうになったから、殺しただけだろ。悪いのは寒会って野郎だ」

夙弓は嘆息した。

「……殺してしまったら、『だけ』ではすまぬ。おまえだって、それはわかるだろう」

「だったら、申胥が殺されてたらよかったのか？」

夙弓は力なくかぶりをふった。救いを求めるように由を見る。いや、おそらく由を通して、累を見ている。

庚も由を見た。根深い不信の目をしている。由は口を開いた。

「寒会の罪は重い。ゆえに骸は市に晒す。申胥の罪もまた重い。死罪は免れぬ」

庚の顔が歪んだ。

「罪だけは、等しく数えるんだな。ふだんは俺たちを虐げているくせに」

「そなたらを虐げる者がいるのは、私の不徳だ。領主の力が足りぬゆえだ。すまぬ」

由は暗澹《あんたん》たる思いがした。沙来の人々の扱いは、かつてよりはずっとよくなっていると思っていた。そう思うことで安心したかったのだ。両者の溝が深いことなど、卿たちの態度からも、よくわかっていたのに。

——なにが、海神に祝福された領主だ。

海神の加護は、わかりやすいところにしか及ばない。

「力の及ばぬ領主の言葉など、聞く耳を持てぬであろうが、それでも私はそなたらに言わねばならない。このままそなたらを通して、むざむざと罪を得るのをただ見ているわけにはいかぬ」

「脅しか?」庚は笑った。「だったらさっさと捕まえて、牢屋にぶちこめばいい。ここまで押しかけてあんたに刃向かっている時点で、俺たちは重罪だろう」

由はかぶりをふった。

「いまはまだ罪ではない。私はそなたと、ただ話をしているだけだ」

庚は笑みを消して、口を閉じた。

「もっと早くに、そなたと話をするべきだった。これは私の罪だ。そなたの罪ではない」

ひざまずいていた夙弓が、首を深く垂れた。庚は黙って由を見ている。

「わが君」州最が、がばりとその場に平伏した。「わが君の罪ではございません。罪というなら、私の罪でございます。沙来の者たちの現状を、正しくお伝えできていなかった私の罪でございます」

「いえ——」展が苦渋に満ちた顔でうつむく。「州最がほかの卿たちに気兼ねして、あまり発言できていないようであるのを、私はわかっておりました。私が正しく采配をとるべ

「すべて含めて、私の罪である」由は淡々と宣言した。「領主とは、そういうものだ」

「ぜんぶ背負うってのか?」あきれた様子で庚が言う。「なんでもかんでも自分のせい、そういう顔してりゃ気分がいいだろうよ。おきれいなことだな」

「庚! いいかげんにせんか」夙弓がたまりかねたように膝を立て、吠《ほ》える。

由は軽く手をあげて夙弓を制した。

「私には海神の加護がある。だから、そなたらを庇護《ひご》するのは、私の役目なのだ」

「だったら、守ってくれよ。俺たちを全員、ちゃんと守ってくれ」

庚の声には、悲痛な心の叫びが籠もっていた。

その叫びに応えるように、鳥のさえずりが響き渡った。庚は頭上を眺める。暗闇に鳥の姿は見えない。

庚は顔を戻し、由を見た。やはり澄んだ瞳をしている、と由は思う。

「俺たちは引き返してもいい。だが、条件がある。それが呑めないなら引き返せない」

激していたときと打って変わって、庚は冷静な声音を発した。そのぶん、由は気を引き締める。

「条件を聞こう」

「伯父貴たちが前に沙文側とともに歩むことを決めたのは、『海神の娘』の頼みだったからだ。『海神の娘』は政に関与しないのは知ってる。だからこそ、その言葉は海神との契りであり、誓いになる。信じられる。政の立場に左右されない、海神との誓いとしての約定が欲しい。――『海神の娘』が沙来の民を守ると約束するなら、俺たちは退こう」

由は逡巡した。庚の言う条件は、『海神の娘』を政に巻き込むことになる。駆け引きに使うべきではない。だが、と一方で思う。庚の求めていることは、駆け引きではないのだ。心からの渇望なのだ。沙来の民が虐げられることなく生きられること。それは、政とは異なるところにあるのではないか。

心から救いを求めている領民に、領主も、その伴侶たる『海神の娘』も、心から応えるべきではないのか。それができぬのであれば、『海神の娘』とはなんなのか。海神の加護とはなんなのか。

――私のあるべき姿とは、なんであろうか。

浅浅のさえずりが聞こえる。右肩があたたかい。由は肩をさすった。

思うようにしなさい、と言われているような気がした。累に。

母に。

そうだ。知っていた。心のどこかで、彼女が母だと。

――あるべき姿は、私が決めることなのだ。

すう、と体の芯を風が通り抜けるようにして、そう悟った。

「わかった。彼女を呼んでこよう」

そう答えた由に、庚はやや目をみはり、それと同時に肩からふっと力が抜けていった。

すぐさまきびすを返した由を、展が押しとどめる。

「でしたら、私がお呼びしてまいります」

「いや、いい。私が迎えにいく」

由の言葉で説明して、英にわかってもらわねばならない。そう思い、足を踏みだしたときだった。近づいてくる灯籠の明かりに気づいた。向こうは走ってきているようで、明かりは不安定に揺れている。展もそれに気づき、眉をひそめた。

「誰だ？」

展が呼びかけると、暗闇から灯籠の主が答えた。

「わたしです――璋です」

展が目をみはり、あわててそちらに駆けよる。

「いったい、どうした。なにかあったのか？」

璋の肩を抱きかかえ、展は由のもとへやってくる。璋は息を切らし、青い顔に汗をにじませていた。座って休め、と言うと、くずおれるようにその場に膝をつく。

「わが君――奥方様が」

「英が？　なにがあった？」

息を喘《あえ》がせながら、璋は言葉をつづける。

「奥方様が、いなくなりました」

由は愕然として、言葉も出なかった。

＊

あたりが騒がしい。英は自室から出ると、璋を呼んだ。

「どうかしたの？」

「正門のほうで騒ぎが起こっているようです」

「騒ぎって？」

璋は言い淀んだ。英が待っていると、思い切ったように口を開く。

「沙来の若者が押しかけているそうで」

「沙来の……？」

「卿たちが対処するでしょうから、ご心配なく」

英は自室に戻るよう促されるが、部屋でじっとしていられるものではない。璋が立ち去ると、庭におりて、正門の方角を見あげた。鳥のさえずりがして、滔滔が飛んでくる。

「大丈夫かしら……」

滔滔のつぶらな瞳を見つめ、英は独りごちる。そのときだった。一瞬、あたりを明るく照らす閃光がまたたいた。次いで、激しい落雷の音が轟く。足もとが揺れたかのような轟音で、英はよろめいた。滔滔が周囲で羽ばたく。

——雷？　雨雲もないのに……。

しかも、一度きりだ。あたりには暗闇が戻り、しんとしている。ばたばたと駆ける足音や悲鳴が聞こえる。召使いたちが肝をつぶして右往左往しているのだ。

沙来の若者が押しかけ、異様な落雷があったとあって、いまや屋敷内は混乱に陥っていた。

——わが君は大丈夫なのかしら。

不安が頭をもたげる。大丈夫だ、彼は海神に愛された領主だから。そう思う一方で、でも、もしも……という不安は拭いきれない。

英は耳飾りに触れる。

——どうか、あのひとを守ってほしい。

祈ることしか、英にはできない。それがもどかしい。いますぐ由のもとへ駆けつけられたらいいが、そうしたところで英にはなにもできないのだ。政にかかわってはならないのだから。

滔滔が英の手で羽を休め、長くさえずる。忙しなく前を向いたり、うしろを向いたりと落ち着きがない。

「どうしたの、滔滔」

しばらくして、璋があわただしい足どりでやってきた。青ざめた顔に緊張を漂わせている。

「奥方様、紘を見ませんでしたか」

英は眉をひそめた。「いいえ。紘は、見張りがついているのではないの？」

「それが――」璋は悔しげに唇を噛んだ。「見張りの者が外の騒ぎに気をとられて離れた隙に、逃げだしたようなのです」

「逃げた？」

――いったい、なぜ。

はっと、英は顔をあげる。

「あの婿は……中胥という者は、どこにいるの？」

「城内の牢屋に。牢屋は官衙のなかにありますが――」

璋も厳しい顔になる。「まさか、そちらに？」

「逃がそうとするかもしれない」

「無理です。牢番《ろうばん》がおりますし、万一のことを考えて、令尹の指示で衛士だって詰めております。たかが侍女に逃がすことなど」

「だから」英は激しくかぶりをふった。「だから、いけないわ。その最後の望みすら断たれてしまったら、なにをするかわからない」

璋はすぐさま牢屋に人をやった。

だが、遅かった。

紘は牢屋に忍び込もうとしてあっけなく捕らえられ、笄《こうがい》で喉を突いて死んだという。

その知らせがもたらされたあとのことを、英はよく覚えていない。

気づいたら、庭をさまよっていた。足もとに石竹の茂みがある。かつて紘が石竹の花を編んで花冠を作ってくれたことを思い出す。お返しに英は紫蘭の花を紘の髻に挿したことも。いま、ここにはどちらの花も咲いていない。由の言ったとおりだ。庭は春がいい。花が咲き乱れ、なんの憂いもないように思える。

――どこかに消えてしまいたい。

春が過ぎれば枯れて姿を消す花のように。

耳飾りが揺れる。乳白色の玉が触れ合い、美しい音色を奏でる。

あたりに霧が立ち込めてゆく。一歩足を踏みだすたび、乳白色の霧が英を取り巻く。霧は濃くなり、もはや数歩先も見えない。このまま英を包み隠し、消してほしかった。

遠くで鳥の鳴き声がする。滔滔だ。

いや、滔滔だけではない、べつの鳥の鳴き声もする――これはいったい、なんという鳥の鳴き声だろう。

ふたつの鳴き声が合わさり、軽やかな音を奏でていた。昼日中の陽光がはじけるような音色だった。明るく軽快で、木漏れ日のようにあたたかい。

英は足をとめた。声が聞こえた気がした。

由の声だ。あり得ない。彼はいまこんなところにはいない。

「――英！」

やはり、由の声がする。

英はふり返った。手首を強く握りしめられた。霧がさあっとうしろに退く。

由の顔が目の前にあった。

「英……！　よかった、見つけた」

安堵した様子で由は英の肩を、頬を撫でる。英はしばしぼんやりと由を眺めていた。

「わが君……、どうしてここへ？」

「滔滔と浅浅が導いてくれた」

「浅浅……？」

「母の鳥だ」

――母……？

英にはなにがなんだか、わからない。戸惑う英の手を、由は両手でぎゅっと握った。

「そなたがいなくなったと璋が泡《あわ》を食って知らせにきた。だから、さがしにきたのだ。——すまぬが、悠長に話している暇はない。歩きながら聞いてくれ。そなたに頼みがある」

矢継ぎ早に話をされて、英はわけもわからぬまま、由に手を引かれて歩きだした。

「沙来の若者が、そなたが沙来の民を守ると約束するなら退くと言っている。政の立場に左右されぬそなたの約束が欲しいと。そなたの力が必要だ」

「沙来の民を……守る？　わたしが？」

英は足をとめる。由がつんのめり、ふり返った。英はゆるくかぶりをふった。

「そんなこと、約束できるはずがないわ」

「英——」

「いまさっき、沙来の侍女をひとり、死なせたばかりなのに。わたしのせいで。わたしが希望を持たせたせいで。そんな希望がなければ、紘は死ぬことにはならなかったのに」

一度言いはじめると、とまらなくなった。

「やさしさを見せたら、また死なせてしまう。わたしが殺してしまうんだわ。どうしてわたしが沙来の民を守れるというの？　死なせるだけなのに」

涙がつぎからつぎへとあふれてくる。なんの涙かわからない。自分の不甲斐なさか。紘への申し訳なさか。

由は黙って英を眺めていた。英はしゃくりあげ、うなだれる。英の右肩に、あたたかい手が置かれた。由の手だ。

「英、私もおなじだ。私の不甲斐なさのために、誰かを死なせてばかりいる」

由の声は静かだった。淡々としているが、諦観《ていかん》の声ではない。声音は熱を帯びていた。

「だが、だからといってそれに甘んじているわけにはいかない。このさきもおなじように、誰かを死なせてゆくわけにはいかぬのだ。絶えず人を救う道をさがさねば――」

「救う道？」

英は洟をすすり、顔をあげた。涙で由の顔はぼやけている。

「いまこのとき、あの沙来の若者たちを救えるのは、そなただけなのだ。そなたの言葉だけが、彼らを生かす。それがなくば、彼らは門を越え、暴挙に出て、罰を免れぬ。どうか、彼らの命を、前途を救ってくれ。私とともに来てくれ」

由が指で英の涙を拭う。由の顔が見えた。彼が必死になっているのがわかる。沙来のために、沙文のために、彼はいつも必死になっている。

――この人とわたしは、おなじなのだ。

と、英は悟った。

領主も、『海神の娘』も、ひとりで在ることを定められた存在だ。そんなふたりがおたがいを伴侶としている。

——わたしたちは、ふたりでひとつなのではないか。

ふと、そんな気がした。

光と影のように。萌えいずる緑と、そこに咲く花のように。

由が英の顔を撫で、目を見つめて、ふたたび手をとる。英は自らの意志で、足を踏みだした。


英が由とともに正門に至ると、そこには展や州最のみならず璋もいて、心配顔で佇んでいた。その向こうに並んでいるのは、沙来の者たちだろう。展たちが英と由に気づき、安堵と不安の綯《な》い交《ま》ぜになった顔をした。沙来の若者が、顔に緊張をみなぎらせたのがわかる。

「彼は庚という。若者たちの代表だ」

由が言った。英はうなずき、庚の前に進み出た。

どこからか、滔滔が飛んでくる。英の肩にとまった。庚は気勢を削《そ》がれたような顔で滔を見る。英は青い羽毛を指先でちょっと撫でて微笑し、庚に向き直った。

「約束を交わしましょう」

庚は表情を引き締める。

「あなたとわたし、そして海神との約束を」

「俺と?」庚はいぶかしげに、恐る恐る、訊き返した。

「ええ」と英はうなずく。

「わたしひとりが約束できることは、そう多くないわ。抱えきれなくなってしまう。それでも、わたしはあなたがたの誰も損ないたくはないから」

英は若者たちの顔を順番に眺めた。若く、必死な者たちの顔だった。

「あなたと、海神に誓う。わたしの命はあなたがたとともにある。だから、ともにこの地で生きていってほしい」

「俺たちを守ってくれるのか?」

庚の声音は切実で、すがりつくような響きを持っていた。英の脳裏を、どうしても紘がよぎる。

「この身に海神の加護があるかぎり、あなたがたのことを見守りたいと思う。でも、それは守ることとは、たぶん違うのでしょう」

庚が絶望的な顔をした。

「わたしは自分の過ちで、侍女をひとり亡くしたわ。沙来の民よ。おなじ過ちはくり返さない。守って、与えてあげればいいと思ってた。けれど、それは間違っていたのよ。あなたがたが苦しいとき、守って、助けてあげたいと思う。でも、それをするのはわたしじゃない」

英は由を見やった。

「それは領主の役目だから。――そうでしょう？」

由は「ああ」と深くうなずいた。

「わたしはあなたがたとともにある。沙来の民も、沙文の民も、等しくおなじ。この領の民として、見守りたい。等しくないのであれば、領主が正すわ」

だから、と英は庚の目をまっすぐ見つめた。

「あなたが求めるものは、わたしではなく、わが君が持っているのよ。あなただって、もうわかっているでしょう？」

庚は唇を引き結んだ。その唇が震える。澄んだ瞳に、涙が盛りあがった。瞳が由に向けられる。由は、彼に向かってただうなずいた。

庚がその場にくずおれる。いや、ひざまずいたのだ。由に向かって。

庚のそばにいた若者たちが、ひとり、またひとりとおなじように膝をつく。

沙来の若者たちがすべてひざまずいたころ、あたりにうっすらと明かりがさしてきた。山の端《は》に曙光《しょこう》がのぞき、暗闇は、薄藍へと移り変わってゆく。

まっさらな、清い光が白々《しらじら》と、英の、由の顔を照らした。

＊

霊子は泉の水際に倒れ込む。泉の周囲を取り巻く木々から、鳥たちがいっせいに羽ばたいた。

伸ばした手は宙を掻《か》き、力なく水面に落ちる。その手は干からびたように痩せ細り、白く乾いてひび割れた鱗に覆われていた。

「馬鹿なことを」

霞《かすみ》がかった頭のなかに、海若の声が響く。

「俺の鱗に戻っていた娘の魂を、むりやり引きはがして呼び戻すとは……」

海若の声は当惑していた。まったく理解できないのだ。霊子の行動が。

霊子は累の魂を呼び戻し、浅浅に乗せて沙文まで送り届けた。沙文の領主と、『海神の娘』のために。

「危うくおまえの体が朽ちるところだった。無理をするものではない」

――黙って。

霊子は遠のく意識のなかで、海若を突き放した。

――あなたにはわからない……。

領を失った者の気持ちが。大事な人を己の無力から喪った者の気持ちが。

海若は黙り込む。わからないからだ。かなしみも、悔いも、苛立ちさえ彼にはない。

「──怒っているんだな？」

ふたたび口を開いた海若は、そんなことを言った。

「俺のやったことを、怒っているんだな。だが、おまえがあの領主を守れと言うから、俺はほかの領主よりもずいぶん助けてやっているのだぞ。娘には、玉までやったではないか」

霊子は答えない。

「まだ不服か。そうだな、では、これから嫁入る娘には、皆、あの玉を与えよう。それでどうだ？　機嫌は直るか？」

海若はやさしげな声でささやく。彼はそういう声音を出すのはうまかった。長いときを過ごすあいだに、それが人にとって心地よいものだと覚えたらしい。

霊子は目を閉じた。海若は了承と受けとったようだった。

「すこし眠っていろ。なに、すぐだ。俺の力をわければ、すぐに体はよくなる」

──いらない。

そう拒絶したかったが、霊子にはもう、その力が残っていなかった。

足もとから、じわりとぬくもりがのぼってくる。海若の力だった。

――いらない。やめて。

霊子は身をよじり、逃れようとした。だが、干からびた体はぴくりとも動かない。閉じた目のふちに涙がにじんで、流れた。

海若の力をわけ与えられるたび、霊子は人ではなくなってゆく。人の記憶も、感情も、おぼろげに、遠くなる。忘れるわけではない。だが、遠くなって、実際の気持ちとは感じなくなってしまう。ただそういう感情を知っている、それだけ。

――いやだ。

そう拒絶する心と、とうにあきらめた心、ふたつがある。

領ではなく、大事な人々ではなく、海若を選んだときに、霊子の運命は決まっていた。選んだのは霊子だ。海若が霊子を見いだしたのだとしても、選びとったのは、霊子なのだ。だから、これは自業自得。受け入れねばならない。

人でなしの道を。

＊

木瓜の花が咲いている。

梢に芽吹いた若葉は瑞々しく、丸みを帯びた小さな赤い花は愛らしい。

由は、英がその花を間近で観察している様子を眺めている。

春もたけなわの庭の光景である。草木に色とりどりの花が咲き乱れている。ゆるやかな風に花の甘い香りが乗っていた。

英は身をかがめると、石竹の花を数輪、鋏《はさみ》で切りとる。それから紫蘭の花も。自室に飾るのだろう。英は切った花と鋏をかたわらにいる侍女に預け、由のそばへ戻ってきた。

英は侍女を、璋以外すべて入れ替えていた。沙来も沙文も出身は問わず置いているが、歳は皆、英よりずっと上で、べったりと親しげに接する様子はない。

さびしくはないか、と訊いたことがあるが、英は、ただ黙って微笑しただけだった。おなじことを問われたとして、由もやはり無言で笑みを返すのみだろう。

「木瓜の花は、切らなくていいのか?」

そう問うと、

「残しておいて、実をとります。木瓜酒を作るんです」

英はそう言って笑った。

「さきの秋に作ったものが、今年、飲めるようになるでしょう」

「それは楽しみだな」

この春、庚が卿のひとりになった。朝廷がこれからどう変わってゆくのか、由にもわからない。

「今年も……来年も、木瓜酒を作って、たくさん飲めるようになったら、卿たちにもふるまおう」

「それはいいですね」

英がまぶしげに木瓜の花を見あげる。春の陽光が、花の蕊《しべ》を黄金色に輝かせていた。

本書は書き下ろしです。

この物語はフィクションです。実在の
人物・団体とは一切関係ありません。

〈著者紹介〉

白川紺子（しらかわ・こうこ）

三重県出身。同志社大学文学部卒。雑誌「Cobalt」短編小説新人賞に入選の後、2012年度ロマン大賞受賞。主な著書に『三日月邸花図鑑　花の城のアリス』『海神《わだつみ》の娘』（講談社タイガ）、「下鴨アンティーク」「契約結婚はじめました。」「後宮の烏」シリーズ（集英社オレンジ文庫）、「京都くれなゐ荘奇譚」シリーズ（PHP文芸文庫）、「花菱夫妻の退魔帖」シリーズ（光文社キャラクター文庫）などがある。

海神《わだつみ》の娘《むすめ》　黄金《おうごん》の花嫁《はなよめ》と滅《ほろ》びの曲《きょく》

2024年5月15日　第1刷発行　　定価はカバーに表示してあります
2024年6月12日　第2刷発行

著者……………………白《しら》川《かわ》紺《こう》子《こ》

発行者……………………森田浩章
発行所……………………株式会社 講談社
〒112-8001 東京都文京区音羽2-12-21
編集03-5395-3510
販売03-5395-5817
業務03-5395-3615

本文データ制作…………講談社デジタル製作
印刷……………………株式会社ＫＰＳプロダクツ
製本……………………株式会社国宝社
カバー印刷………………株式会社新藤慶昌堂
装丁フォーマット………ムシカゴグラフィクス
本文フォーマット………next door design

ISBN978-4-06-535012-6　N.D.C.913　286p　15㎝